朱光潜

作 品

朱光潜作品精选集
ZHUGUANGQIAN

给青年的
十二封信

朱光潜 / 著

北方联合出版传媒(集团)股份有限公司
万卷出版公司
2021年·沈阳

ⓒ 朱光潜 2018

图书在版编目（CIP）数据

给青年的十二封信 / 朱光潜著. —沈阳 : 万卷出
版公司, 2018.8（2021.9重印）
　　（朱光潜作品精选集）
　　ISBN 978-7-5470-4914-3

　　Ⅰ.①给… Ⅱ.①朱… Ⅲ.①思想修养—青年读物
Ⅳ.①D432.63

中国版本图书馆CIP数据核字（2018）第091194号

出 品 人：王维良
出版发行：北方联合出版传媒（集团）股份有限公司
　　　　　万卷出版公司
　　　　　（地址：沈阳市和平区十一纬路25号　邮编：110003）
印 刷 者：辽宁新华印务有限公司
经 销 者：全国新华书店
幅面尺寸：145mm×210mm
字　　数：120千字
印　　张：6.5
出版时间：2018年8月第1版
印刷时间：2021年9月第3次印刷
责任编辑：高　爽
责任校对：高　辉
封面设计：马婧莎
版式设计：马婧莎
ISBN 978-7-5470-4914-3
定　　价：42.00元
联系电话：024-23284090
传　　真：024-23284448

朱光潜在法国斯特拉斯堡大学攻读博士学位时的留影

朱光潜与夫人奚今吾 1933 年摄于伦敦

朱光潜（右二）、奚今吾（左二）和友人在海外

目 录

001 序

004 一、谈读书

012 二、谈动

016 三、谈静

021 四、谈中学生与社会运动

027 五、谈十字街头

033 六、谈多元宇宙

040 七、谈升学与选课

047 八、谈作文

1

052 | 九、谈情与理

063 | 十、谈摆脱

069 | 十一、谈在露浮尔宫所得的一个感想

076 | 十二、谈人生与我

083 | 附一　无言之美

098 | 附二　悼夏孟刚

104 | 附三　朱光潜给朱光潜
　　　　——为《给青年的十三封信》

111 | 代跋　"再说一句话"

附录

114 | 再谈青年与恋爱结婚
　　　　——答王毅君

117 | 谈理想的青年
　　　　——回答一位青年朋友的询问

123 | 民族的生命力

2

130 | 生命

141 | 谈趣味

147 | 谈谦虚

159 | 学业·职业·事业

169 | 有志青年要做中小学教师

176 | 消除烦闷与超脱现实

188 | 给苦闷的青年朋友们

195 | 编后记

序

  这十二封信是朱孟实先生从海外寄来分期在我们同人杂志《一般》上登载过的。《一般》的目的，原思以一般人为对象，从实际生活出发了来介绍些学术思想。数年以来，同人都曾依了这目标分头努力。可是如今看来，最好的收获第一要算这十二封信。

  这十二封信以有中学程度的青年为对象。并未曾指定某一受信人的姓名，只要是中学程度的青年，就谁都是受信人，谁都应该一读这十二封信。这十二封信，实是作者远从海外送给国内青年的很好的礼物。作者曾在国内担任中等教师有年，他那笃热的情感，温文的态度，丰富的学殖，无一不使和他接近的青年感服。他的赴欧洲，目的也就在谋中等教育的改进。作者实是一个终身愿与青年为友的志士。信中首称"朋友"，末署

"你的朋友光潜"，在深知作者的性行的我看来，这称呼是笼有真实的情感的，决不只是通常的习用套语。

各信以青年们所正在关心或应该关心的事项为话题，作者虽随了各话题抒述其意见，统观全体，却似乎也有个一贯的出发点可寻。就是劝青年眼光要深沉，要从根本上做功夫，要顾到自己，勿随了世俗图近利。作者用了这态度谈读书，谈作文，谈社会运动，谈恋爱，谈升学选科等等。无论在哪一封信上，字里行间，都可看出这忠告来。就中如在《谈在露浮尔宫所得的一个感想》一信里，作者且郑重地自把这态度特别标出了说："假如我的十二封信对于现代青年能发生毫末的影响，我尤其虔心默祝这封信所宣传的超'效率'的估定价值的标准能印入个个读者的心孔里去；因为我所知道的学生们、学者们和革命家们都太贪容易，太浮浅粗疏，太不能深入，太不能耐苦，太类似美国旅行家看《孟洛里莎》了。"

"超效率！"这话在急功近利的世人看来，也许要惊为太高蹈的论调了。但一味亟于效率，结果就会流于浅薄粗疏，无可救药。中国人在全世界是被推为最重实用的民族的，凡事向都怀一个极近视的目标：娶妻是为了生子，养儿是为了防老，行善是为了福报，读书是为了做官，不称入基督教的为基督教信者而称为"吃基督教"的，不称投身国事的军士为军人而称为"吃粮"的，流弊所至，在中国，甚么都只是吃饭的工具，甚么都实用，因之，就甚么都浅薄。试就学校教育的现状看罢：坏的呢，教师目的但在地位、薪水，学生目的但在文凭、资格；较好的呢，教师想把学生嵌入某种预定的铸型去，学生想怎样揣摩世尚毕业后去问世谋事。在真正的教育面前，总之都免不掉浅薄粗疏。效率原是要顾的，但只顾效率，究竟是蠢事。青年为国家社会的生力军，如果不从根本上培养能力，凡事近视，贪浮浅的近利，一味袭蹈时下陋习，结果纵不至于"一蟹不如一蟹"，亦止是一蟹仍如一蟹而已。国家社会还有甚么希望可说。

"太贪容易，太浮浅粗疏，太不能深入，太不能耐苦"，作者对于现代青年的毛病，曾这样慨乎言之。征之现状，不禁同感。作者去国已好几年了，依据消息，尚能分明地记得起青年的病象，则青年的受病之重，也就可知。

这十二封信啊，愿对于现在的青年，有些力量！

夏丏尊

十八年元旦书于白马湖平屋

一、谈读书

朋友：

中学课程很多，你自然没有许多时间去读课外书。但是你试抚心自问：你每天真抽不出一点钟或半点钟的功夫么？如果你每天能抽出半点钟，你每天至少可以读三四页，每月可以读一百页，到了一年也就可以读四五本书了。何况你在假期中每天断不会只能读三四页呢！你能否在课外读书，不是你有没有时间的问题，是你有没有决心的问题。

世间有许多人比你忙得多。许多人的学问都在忙中做成的。美国有一位文学家、科学家和革命家富兰克林，幼时在印刷局里做小工，他的书都是在做工时抽暇读的。不必远说，你应该还记得孙中山先生，难道你比那一位奔走革命席不暇暖的老人家还要忙些么？他生平无论忙到什么地步，没有一天不偷暇读几页书。你只要看他的《建国方略》和《孙文学说》，你便知道他不仅是一个政治家，而且还是一个学者。不读书讲革命，不知道"光"的所在，只是瞎头乱撞，终难成功。这个道理，孙先生懂得最清楚的，所以他的学说特别重"知"。

人类学问逐天进步不止，你不努力跟着跑，便落伍退后，这固不消说。尤其要紧的是养成读书的习惯，是在学问中寻出一种兴趣。你如果没有一种正常嗜好，没有一种在闲暇时可以寄托你的心神的东西，将来离开学校去做事，说不定要被恶习惯引诱。你不看见现在许多叉麻雀、抽鸦片的官僚们、绅商们乃至于教员们，不大半由学生出身么？你慢些鄙视他们，临到你来，再看看你的成就罢！但是你如果在读书中寻出一种趣味，你将来抵抗引诱的能力比别人定要大些。这种兴趣你现在不能寻出，将来永不会寻出的。凡人都越老越麻木，你现在已比不上三五岁的小孩子那样好奇、那样兴味淋漓了。你长大一岁，你感觉兴味的锐敏力便须迟钝一分。达尔文在自传里曾经说过，他幼时颇好文学和音乐，壮时因为研究生物学，把文学和音乐都丢开了，到老来他再想拿诗歌来消遣，便寻不出趣味来了。兴味要在青年时设法培养，过了正常时节，便会萎谢。比方打网球，你在中学时欢喜打，你到老都欢喜打。假如你在中学时代错过机会，后来要发愿去学，比登天还要难十倍。养成读书习惯也是这样。

你也许说，你在学校里终日念讲义看课本不就是读书吗？讲义课本着意在平均发展基本知识，固亦不可不读。但是你如果以为念讲义看课本，便尽读书之能事，就是大错特错。第一，学校功课门类虽多，而范围究极窄狭。你的天才也许与学校所有功课都不相近，自己去在课外研究，发见自己性之所近的学问。再比方你对于某种功课不感兴趣，这也许并非由于性不相近，只是规定课本不合你的口胃。你如果能自己在课外发见好书籍，你对于那种功课也许就因而浓厚起来了。第二，念讲义看课本，免不掉若干拘束，想藉此培养兴趣，颇是难事。比方有一本小说，平时自由拿来消遣，觉得多么有趣，一旦把它拿来当课本读，用预备考试的方法去读，便不免索然寡味了。兴趣要逍遥自在地不受拘束地发展，所以为培养读书兴趣起见，应该从读课外书入手。

书是读不尽的，就读尽也是无用，许多书都没有一读的价值。你多读一本没有价值的书，便丧失可读一本有价值的书的时间和精力；所以你须慎加选择。你自己自然不会选择，须去就教于批评家和专门学者。我不能告诉你必读的书，我能告诉你不必读的书。许多人尝抱定宗旨不读现代出版的新书。因为许多流行的新书只是迎合一时社会心理，实在毫无价值，经过时代淘汰而巍然独存的书才有永久性，才值得读一遍两遍以至于无数遍。我不敢劝你完全不读新书，我却希望你特别注意这一点，因为现代青年颇有非新书不读的风气。别事都可以学时髦，惟有读书做学问不能学时髦。我所指不必读的书，不是新书，是谈书的书，是值不得读第二遍的书。走进一个图书馆，你尽管看见千卷万卷的纸本子，其中真正能够称为"书"的恐怕难上十卷百卷。你应该读的只是这十卷百卷的书。在这些书中间，你不但可以得较真确的知识，而且可以于无形中吸收大学者治学的精神和方法。这些书才能撼动你的心灵，激动你的思考。其他像"文学大纲"、"科学大纲"以及杂志报章上的书评，实在都不能供你受用。你与其读千卷万卷的诗集，不如读一部《国风》或《古诗十九首》，你与其谈千卷万卷希腊哲学的书籍，不如读一部柏拉图的《理想国》。

你也许要问我像我们中学生究竟应该读些什么书呢？这个问题可是不易回答。你大约还记得北京《京报副刊》曾征求"青年必读书十种"，结果有些人所举的十种尽是几何代数，有些人所举十种尽是《史记》、《汉书》。这在旁人看起来似近于滑稽，而应征的人却各抱有一番大道理。本来这种征求的本意，求以一个人的标准做一切人的标准，好像我只欢喜吃面，你就不能吃米，完全是一种错误见解。各人的天资、兴趣、环境、职业不同，你怎么能定出万应灵丹似的十种书，供天下无量数青年读之都能感觉同样趣味、发生同样效力？

我为了写这封信给你，特地去调查了几个英国公共图书馆。他们的青年读品部最流行的书可以分为四类：（一）冒险小说和游记，（二）神话和寓言，（三）生物故事，（四）名人传记和爱国小说。就中代表的书籍是幽尔汎的《八十天环游世界记》（Jules Verne：Around the World in Eighty Days）和《海底二万浬》（Twenty Thousand Leagues Under the Sea），德孚的《鲁滨孙漂流记》（Defoe：Robinson Crusoe），大仲马的《三剑客》（A. Dumas：Three Musketeers），霍爽的《奇书》和《丹谷闲话》（Hawthorne：Wonder Book and Tangle Wood Tales），金斯莱的《希腊英雄传》（Kingsley：Heroes），法布尔的《鸟兽故事》（Fabre：Story Book of Birds and Beasts），安徒生的《童话》（Andersen：Fairy Tales），骚德的《纳尔逊传》（Southey：Life of Nelson），房龙的《人类故事》（Van Loon：The Story of Mankind）之类。这些书在国外虽流行，给中国青年读，却不十分相宜。中国学生们大半是少年老成，在中学时代就欢喜像煞有介事的谈一点学理。他们——你和我自然都在内——不仅欢喜谈谈文学，还要研究社会问题，甚至于哲学问题。这既是一种自然倾向，也就不能漠视，我个人的见解也不妨提起和你商量商量。十五六岁以后的教育宜注重发达理解，十五六岁以前的教育宜注重发达想像。所以初中的学生们宜多读想像的文字，高中的学生才应该读含有学理的文字。

　　谈到这里，我还没有答复应读何书的问题。老实说，我没有能力答复，我自己便没曾读过几本"青年必读书"，老早就读些壮年必读书。比方在中国书里，我最欢喜《国风》、《庄子》、《楚辞》、《史记》、《古诗源》、《文选》中的书笺、《世说新语》、《陶渊明集》、《李太白集》、《花间集》、张惠言《词选》、《红楼梦》等等。在外国书里，我最欢喜溪兹（Keats）、雪莱（Shelly）、考老芮基（Coleridge）、白朗宁（Browning）诸人的诗集、苏菲克里司（Sophocles）的七悲剧、莎士比亚的《哈孟列德》（Shakespeare：Hamlet）、《李耳王》（King Lear）和《奥塞罗》（Othello）、歌德的《浮士德》（Goethe：Fasuts），易卜生（Ibsen）的戏剧集、屠格涅夫（Turgenef）的《新土地》（Virgin Soil）和《父与子》（Fathers and Children）、杜斯退益夫斯基的《罪与罚》(Dostoyevsky：Crime and Punishment)、福洛伯的《布华里夫人》(Flaubert：Madame Bovary)、莫泊桑(Maupassant)的小说集、小泉八云(Lafcadio Hearn)关于日本的著作等等。如果我应北京《京报副刊》的征求，也许把这些古董洋货捧上，凑成"青年必读书十种"。但是我知道这是荒谬绝伦。所以我现在不敢答复你应读何书的问题。你如果要知道，你应该去请教你所知的专门学者，请他们各就自己所学范围以内指定三两种青年可读的书。你如果请一个人替你面面俱到的设想，比方他是学文学的人，他也许明知青年必读书应含有社会问题、科学常识等等，而自己又没甚把握，姑且就他所知的一两种拉来凑数，你就像问道于盲了。同时，你要知道读书好比探险，也不能全靠别人指导，你自己也须得费些功夫去搜求。我从来没有听见有人按照别人替他定的"青年必读书十种"或"世界名著百种"读下去，便成就一个学者。别人只能介绍，抉择还要靠你自己。

关于读书方法。我不能多说，只有两点须在此约略提起。第一，凡值得读的书至少须读两遍。第一遍须快读，着眼在醒豁全篇大旨与特色。第二遍须慢读，须以批评态度衡量书的内容。第二，读过一本书，须笔记纲要精采和你自己的意见。记笔记不特可以帮助你记忆，而且可以逼得你仔细，刺激你思考。记着这两点，其他琐细方法便用不着说。各人天资习惯不同，你用哪种方法收效较大，我用哪种方法收效较大，不是一概论的。你自己终久会找出你自己的方法，别人决不能给你一个方单，使你可以"依法炮制"。

你嫌这封信太冗长了罢？下次谈别的问题，我当力求简短。再会！

你的朋友，光潜。

二、谈动

朋友：

从屡次来信看，你的心境近来似乎很不宁静。烦恼究竟是一种暮气，是一种病态，你还是一个十八九岁的青年，就这样颓唐沮丧，我实在替你担忧。

一般人欢喜谈玄，你说烦恼，他便从"哲学辞典"里拖出"厌世主义"、"悲观哲学"等等堂哉皇哉的字样来叙你的病由。我不知道你感觉如何？我自己从前仿佛也尝过烦恼的况味，我只觉得忧来无方，不但人莫之知，连我自己也莫名其妙，哪里有所谓哲学与人生观！我也些微领过哲学家的教训：在心气和平时，我景仰希腊廊下派哲学者，相信人生当皈依自然，不当存有嗔喜贪恋；我景仰托尔斯泰，相信人生之美在宥与爱；我景仰白朗宁，相信世间有丑才能有美，不完全乃真完全；然而外感偶来，心波立涌，拿天大的哲学，也抵挡不住。这固然是由于缺乏修养，但是青年们有几个修养到"不动心"的地步呢？从前长辈们往往拿"应该不应该"的大道理向我说法。他们说，像我这样一个青年应该活泼泼的，不应该暮气沉沉的，应该努力做学问，不应该把自己的忧乐放在心头。谢谢罢，请留着这副"应该"的方剂，将来患烦恼的人还多呢！

朋友，我们都不过是自然的奴隶，要征服自然，只得服从自然。违反自然，烦恼才乘虚而入，要排解烦闷，也须得使你的自然冲动有机会发泄。人生来好动，好发展，好创造。能动，能发展，能创造，便是顺从自然，便能享受快乐，不动，不发展，不创造，便是摧残生机，便不免感觉烦恼。这种事实在流行语中就可以见出，我们感觉快乐时说"舒畅"，感觉不快乐时说"抑郁"。这两个字样可以用作形容词，也可以用作动词。用作形容词时，它们描写快或不快的状态；用作动词时，我们可以说它们说明快或不快的原因。你感觉烦恼，因为你的生机被抑郁；你要想快乐，须得使你的生机能舒畅，能宣泄。流行语中又有"闲愁"的字样，闲人大半易于发愁，就因为闲时生机静止而不舒畅。青年人比老年人易于发愁些，因为青年人的生机比较强旺。小孩子们的生机也很强旺，然而不知道愁苦，因为他们时时刻刻的游戏，所以他们的生机不至于被抑郁。小孩子们偶尔不很乐意，便放声大哭，哭过了气就消去。成人们感觉烦恼时也还要拘礼节，哪能由你放声大哭呢？吃黄连苦在心头，所以愈觉其苦。歌德少时因失恋而想自杀，幸而他的文机动了，埋头两礼拜著成一部《维特之烦恼》，书成了，他的气也泄了，自杀的念头也打消了。你发愁时并不一定要著书，你就读几篇哀歌，听一幕悲剧，借酒浇愁，也可以大畅胸怀。从前我很疑惑何以剧情愈悲而读之愈觉其快意，近来才悟得这个泄与郁的道理。

总之，愁生于郁，解愁的方法在泄；郁由于静止，求泄的方法在动。从前儒家讲心性的话，从近代心理学眼光看，都很粗疏，只有孟子的"尽性"一个主张，含义非常深广。一切道德学说都不免肤浅，如果不从"尽性"的基点出发。如果把"尽性"两字懂得透澈，我以为生活目的在此，生活方法也就在此。人性固然是复杂的，可是人是动物，基本性不外乎动。从动的中间我们可以寻出无限快慰。这个道理我可以拿两种小事来印证：从前我住在家里，自己的书房总欢喜自己打扫。每看到书籍零乱，灰尘满地，你亲自去洒扫一过，霎时间混浊的世界变成明窗净几，此时悠然就坐，游目骋怀，乃觉有不可言喻的快慰；

再比方你自己是欢喜打网球的，当你起劲打球时，你还记得天地间有所谓烦恼么？

你大约记得晋人陶士行的故事。他老来罢官闲居，找不得事做，便去搬砖。晨间把一百块砖由斋里搬到斋外，暮间把一百块砖由斋外搬到斋里。人问其故，他说："吾方致力中原，过尔优逸，恐不堪事。"他又尝对人说："大禹圣人，乃惜寸阴，至于众人，当惜分阴。"其实惜阴何必定要搬砖，不过他老先生还很莤壮，借这个玩艺儿多活动活动，免得抑郁无聊罢了。

朋友，闲愁最苦！愁来愁去，人生还是那么样一个人生，世界也还是那么样一个世界。假如把自己看得伟大，你对于烦恼，当有"不屑"的看待；假如把自己看得渺小，你对于烦恼当有"不值得"的看待；我劝你多打网球，多弹钢琴，多栽花，多搬砖弄瓦。假如你不欢喜这些玩艺儿，你就谈谈笑笑，跑跑跳跳，也是好的。就在此祝你

谈谈笑笑，

跑跑跳跳！

你的朋友，光潜。

三、谈静

朋友：

前信谈动，只说出一面真理。人生乐趣一半得之于活动，也还有一半得之于感受。所谓"感受"是被动的，是容许自然界事物感动我的感官和心灵。这两个字涵义极广。眼见颜色，耳闻声音，是感受；见颜色而知其美，闻声音而知其和，也是感受。同一美颜，同一和声，而各个人所见到的美与和的程度又随天资境遇而不同。比方路边有一棵苍松，你看见它只觉得可以砍来造船；我见到它可以让人纳凉；旁人也许说它很宜于入画，或者说它是高风亮节的象征。再比方街上有一个乞丐，我只能见到他的蓬头垢面，觉得他很讨厌；你见他便发慈悲心，给他一个铜子；旁人见到他也许立刻发下宏愿，要打翻社会制度。这几个人反应不同，都由于感受力有强有弱。

世间天才之所以为天才，固然由于具有伟大的创造力，而他的感受力也分外比一般人强烈。比方诗人和美术家，你见不到的东西他能见到，你闻不到的东西他能闻到。麻木不仁的人就不然，你就请伯牙向他弹琴，他也只联想到棉匠弹棉花。感受也可以说是"领略"，不过领略只是感受的一方面。世界上最快活的人不仅是最活动的人，也是最能领略的人。所谓领略，就是能在生活中寻出趣味。好比喝茶，渴汉只管满口吞咽，会喝茶的人却一口一口的细啜，能领略其中风味。

能处处领略到趣味的人决不至于岑寂，也决不至于烦闷。朱子有一首诗说："半亩方塘一鉴开，天光云影共徘徊，问渠那得清如许？为有源头活水来。"这是一种绝美的境界。你姑且闭目一思索，把这幅图画印在脑里，然后假想这半亩方塘便是你自己的心，你看这首诗比拟人生苦乐多么惬当！一般人的生活干燥，只是因为他们的"半亩方塘"中没有天光云影，没有源头活水来，这源头活水便是领略得的趣味。

领略趣味的能力固然一半由于天资，一半也由于修养。大约静中比较容易见出趣味。物理上有一条定律说：两物不能同时并存于同一空间。这个定律在心理方面也可以说得通。一般人不能感受趣味，大半因为心地太忙，不空所以不灵。我所谓

"静"，便是指心界的空灵，不是指物界的沉寂，物界永远不沉寂的。你的心境愈空灵，你愈不觉得物界沉寂，或者我还可以进一步说，你的心界愈空灵，你也愈不觉得物界喧嘈。所以习静并不必定要逃空谷，也不必定学佛家静坐参禅。静与闲也不同。许多闲人不必都能领略静中趣味，而能领略静中趣味的人，也不必定要闲。在百忙中，在廛市喧嚷中，你偶然间丢开一切，悠然遐想，你心中便蓦然似有一道灵光闪烁，无穷妙悟便源源而来。这就是忙中静趣。

我这番话都是替两句人人知道的诗下注脚。这两句诗就是："万物静观皆自得，四时佳兴与人同。"大约诗人的领略力比一般人都要大。近来看周作人的《雨天的书》引日本人小林一茶的一首俳句：

不要打哪，苍蝇搓他的手，搓他的脚呢。

觉得这种情境真是幽美。你懂得这一句诗就懂得我所谓静趣。中国诗人到这种境界的也很多。现在姑且就一时所想到的写几句给你看：

鱼戏莲叶东，鱼戏莲叶西，鱼戏莲叶南，鱼戏莲叶北。

——古诗，作者姓名佚。

山涤余霭，宇暖微霄。有风自南，翼彼新苗。

——陶渊明《时运》

采菊东篱下，悠然见南山。山气日夕佳，飞鸟相与还。

——陶渊明《饮酒》

目送飘鸿，手挥五弦。俯仰自得，游心太玄。

——稽叔夜《送秀才从军》

倚杖柴门外，临风听暮蝉。渡头余落日，墟里上孤烟。

——王摩诘《赠裴迪》

像这一类描写静趣的诗，唐人五言绝句中最多。你只要仔细玩味，你便可以见到这个宇宙又有一种景象，为你平时所未见到的。梁任公的《饮冰室文集》里有一篇谈"烟士披里纯"，詹姆士的《与教员学生谈话》（James：Talks To Teachers and Students）里面有三篇谈人生观，关于静趣都说得很透辟。可惜此时这两部书都不在手边，不能录几段出来给你看。你最好自己到图书馆里去查阅。詹姆士的《与教员学生谈话》那三篇文章（最后三篇）尤其值得一读，记得我从前读这三篇文章，很受他感动。

　　静的修养不仅是可以使你领略趣味，对于求学处事都有极大帮助。释迦牟尼在菩提树阴静坐而证道的故事，你是知道的。古今许多伟大人物常能在仓皇扰乱中雍容应付事变，丝毫不觉张皇，就因为能镇静。现代生活忙碌，而青年人又多浮躁。你站在这潮流里，自然也难免跟着旁人乱嚷。不过忙里偶然偷闲，闹中偶然习静，于身于心，都有极大裨益。你多在静中领略些趣味，不特你自己受用，就是你的朋友们看着你也快慰些。我生平不怕呆人，也不怕聪明过度的人，只是对着没有趣味的人，要勉强同他说应酬话，真是觉得苦也。你对着有趣味的人，你并不必多谈话，只是默然相对，心领神会，便可觉得朋友中间的无上至乐。你有时大概也发生同样感想罢？

　　眠食诸希珍重！

你的朋友，光潜。

四、谈中学生与社会运动

朋友：

第一信曾谈到，孙中山先生知难行易的学说和不读书而空谈革命的危险。这个问题有特别提出讨论的必要，所以再拿它来和你商量商量。

你还记得叶楚伧先生的演讲罢？他说，如今中国在学者只言学，在工者只言工，在什么者只言什么，结果弄得没有一个在国言国的人，而国事之糟，遂无人过问。叶先生在这里只主张在学者应言国，却未明言在国亦必言学。恽代英先生更进一步说，中国从孔孟二先生以后，读过二千几百年的书，讲过二千几百年的道德，仍然无补国事，所以读书讲道德无用，一切青年都应该加入战线去革命。这是一派的主张。

同时你也许见过前几年的上海大同大学的章程，里面有一条大书特书："本校主张以读书救国，凡好参加爱国运动者不必来！"这并不是大同大学的特有论调，凡遇学潮发生，你走到一个店铺里，或是坐在一个校务会议席上，你定会发见大家窃窃私语，引为深忧的都不外"学生不读书，而好闹事"一类的话。因为这是可以深忧的，教育部所以三令五申，"整顿学风！"这又是一派的主张。

叶、恽诸先生们是替国民党宣传的。你知道我无党籍，而却深信中国想达民治必经党治。所以我如果批评叶、恽二先生，非别有用意，乃责备贤者，他们在青年中物望所系，出言不慎，便不免贻害无穷。比方叶先生的话就有许多语病。国家是人民组合体，在学者能言学，在工者能言工，在什么者便能言什么，合而言之，就是在国言国。如今中国弊端就在在学者不言学，在工者不言工，大家都抛弃分内事而空谈爱国。结果学废工弛，而国也就不能救好，这是显然的事实。恽先生从中国历史证明读书无用，也颇令人怀疑。法国革命单是但通、罗伯斯庇亚的功劳，而卢梭、佛尔特没有影响吗？思想革命成功，制度革命才能实现。辛亥革命还未成功，不是制度革命未成功，是思想革命未成功，这是大家应该承认的。

中国人蜂子孵蛆的心理太重，只管煽动人"类我类我！"比方我欢喜谈国事，就藐视你读书；你欢喜读书，就藐视我谈国事。其实单面锣鼓打不成闹台戏。要撑起中国场面，也要生旦净丑角俱全。我们对于鼓吹青年都抛开书本去谈革命的人，固不敢赞同，而对于悬参与爱国运动为厉禁的学校也觉得未免矫枉过正。学校与社会绝缘，教育与生活绝缘，在学理上就说不通。若谈事实，则这一代的青年、来一代的领袖，此时如果毫无准备，想将来理乱不问的书生一旦会变成措置咸宜的社会改造者，也是痴人妄想。固然，在秩序安宁的国家里，所谓"天下有道，则庶人不议"，用不着学生去干预政治。可是在目前中国，又另有说法。民众未醒觉，舆论未成立，教育界中人本良心主张去监督政府，也并不算越职。总而言之，救国读书都不可偏废。蔡孑民先生说："读书不忘救国，救国不忘读书。"这两句话是青年人最稳妥的座右铭。

所谓救国，并非空口谈革命所可了事。我们跟着社会运动家喊"打倒军阀"，"打倒帝国主义"，力已竭，声已嘶了。而军阀淫威既未稍减，帝国主义的势力也还在扩张。朋友，空口呐喊大概有些靠不住罢？北方人奚落南方人，往往说南方人打架，双方都站在自家门里摩拳擦掌对骂，你说："你来，我要打杀你这个杂种!"我说："我要送你这条狗命见阎王。"结果半拳不挥，一哄而散。住在租界谈革命的人不也是这样空摆威风么？

"五四"以来，种种运动只在外交方面稍生微力。但是你如果把这点微力看得了不得的重要，那你就未免自欺。"夫人必自侮，而后人侮之。""自侮"的成分一日不减绝，你一日不能怪人家侮你。你应该回头看看你自己是什么样的一个人，看看政府是什么样的一个政府，看看人民是什么样的一个人民。向外人争"脸"固然要紧；可是你切莫要因此忘记你自己的家丑！

家丑如何洗得清？我从前想，要改造中国，应由下而上，由地方而中央，由人民而政府，由部分而全体，近来觉得这种见解不甚精当，国家是一种有机体，全体与部分都息息相关，所以整顿中国，由中央而地方的改革，和由地方而中央的改革须得同时并进。不过从前一般社会运动家大半太重视国家大政，太轻视乡村细务了。我们此后应该排起队伍，"向民间去"。

我记得在香港听孙中山先生谈他当初何以想起革命的故事。他少年时在香港学医，欢喜在外面散步，他觉得香港街道既那样整洁，他香山县的街道就不应该那样污秽。他回到香山县，就亲自去做清道夫，后来居然把他门前的街道打扫干净了。他因而想到一切社会上的污浊，都应该，都可以如此清理。这才是真正革命家！别人不管，我自己只能做小事。别人鼓吹普及教育，我只提起粉笔诚诚恳恳的当一个中小学教员；别人提倡国货，我只能穿起土布衣到乡下去办一个小工厂；别人喊打倒军阀，我只能苦劝我的表兄不当兵；别人发电报攻击贿选，吾侪小人，发电报也没有人理会，我只能集合同志出死力和地方绅士奋斗，不叫买票卖票的事在我自己乡里发生。大事小事都要人去做。我不敢说别人做的不如我做的重要。但是别人如果定要拉我丢开这些末节去谈革命，我只能敬谢不敏（屠格涅夫的《父与子》里那位少年虚无党临死时所说的话，最使我感动，可惜书不在身旁，不能抄译给你看，你自己寻去罢）。

总而言之，到民间去！要到民间去，先要把学生架子丢开。我记得初进中学时，有一天穿着短衣出去散步，路上遇见一个老班同学，他立刻就竖起老班的喉嗓子问我："你的长衫到那里去了？"教育尊严，那有学生出门而不穿长衫子？街上人看见学生不穿长衣，还成什么体统？我那时就逐渐学得些学生的尊严了。有时提起篮子去买菜，也不免羞涩涩的，此事虽小，可以喻大。现在一般青年的心理大半都还没根本改变。学生自成一种特殊阶级，把社会看成待我改造的阶级。这种学者的架子早已御人于千里之外，还谈什么社会运动？你尽管说运动，社会却不敢高攀，受你的运动。这不是近几年的情形么？

老实说，社会已经把你我们看成眼中钉了。这并非完全是社会的过处。现在一般学生，有几个人配谈革命？吞剥捐款、聚赌宿娼的是否没曾充过代表、赴过大会？勾结绅士政客以捣乱学校是否没曾谈过教育尊严？向日本政府立誓感恩以分润庚子赔款的，是否没曾喊过打倒帝国主义？其实，社会还算是客气，他们如要是提笔写学生罪状，怕没有材料吗？你也许说，任何团体都有少数败类，不能让全体替少数人负过。但是青年人都有过于自尊的幻觉，在你谈爱国谈革命以前，你总应该默诵几声"君子求诸己！"

　　话又说长了，再见罢！

　　　　　　　　　　　　　　　　你的朋友，光潜。

五、谈十字街头

朋友：

岁暮天寒，得暇便围炉嘘烟遐想。今日偶然想到日本厨川白村的《出了象牙之塔》和《走向十字街头》两部书，觉得命名大可玩味。玩味之余，不觉发生一种反感。

所谓《走向十字街头》有两种解释。从前学士大夫好以清高名贵相尚，所以力求与世绝缘，冥心孤往。但是闭户读书的成就总难免空疏虚伪。近代哲学与文艺都逐渐趋向唯实，于是大家都极力提倡与现实生活接触。世传苏格腊底把哲学从天上搬到地下，这是"走向十字街头"的一种意义。

学术思想是天下公物，须得流布人间，以求雅俗共赏。威廉·莫理司和托尔斯泰所主张的艺术民众化，叔琴先生在《一般》诞生号中所主张的特殊的一般化，爱笛生所谓把哲学从课室图书馆搬到茶寮客座，这是"走向十字街头"的另一意义。

这两种意义都含有极大的真理。可是在这"德谟克拉西"呼声极高的时代，大家总不免忘记关于十字街头的另一面真理。

十字街头的空气中究竟含有许多腐败剂，学术思想出了象牙之塔到了十字街头以后，一般化的结果常不免流为俗化（vulgarized）。昨日的殉道者，今日或成为市场偶像，而真纯面目便不免因之污损了。到市场而不成为偶像，成偶像而不至于破落，都是很难的事。老学经过流俗化以后，其结果乃为白云观以静坐骗铜子的道士。易学经过流俗化以后，其结果乃为街头摆摊卖卜的江湖客。佛学经过流俗化以后，其结果乃为祈财求子的三姑六婆和秃头肥脑的蠢和尚。这都是世人所共见周知的。不必远说，且看西方科学、哲学和文学落到时下一般打学者冒牌的人手里，弄得成何体统！

寂居文艺之宫，固然会像不流通的清水，终久要变成污浊恶臭的。可是十字街头的叫嚣，十字街头的尘粪，十字街头的挤眉弄眼，都处处引诱你汩没自我。臣门如市，臣心就决不能如水。名利、声势、虚伪、刻薄、肤浅、欺侮等等字样，听起来多么刺耳朵，实际上谁能摆脱得净尽？所以站在十字街头的人们——尤其是你我们青年——要时时戒备十字街头的危险，要时时回首瞻顾象牙之塔。

十字街头上握有最大权威的是习俗。习俗有两种，一为传说（tradition），一为时尚（fashion）。儒家的礼教，五芳斋的馄饨，是传说；新文化运动，四马路的新装，是时尚。传说尊旧，时尚趋新，新旧虽不同，而盲从附和，不假思索，则根本无二致。社会是专制的，是压迫的，是不容自我伸张的。比方九十九个人守贞节，你一个人偏要不贞，你固然是伤风败俗，大逆不道；可是如果九十九个人都是娼妓，你一个人偏要守贞节，你也会成为社会公敌，被人唾弃的。因此，苏格腊底所以饮鸩，格里利阿所以被教会加罪，罗曼罗兰、克罗齐、罗素所以在欧战期中被人谩骂。

本来风化习俗这件东西，孽虽造得不少，而为维持社会安宁计，却亦不能尽废。人与人相接触，问题就会发生。如果世界只有我，法律固为虚文，而道德也便无意义。人类须有法律道德维持，固足证其顽劣；然而人类既顽劣，道德法律也就不能勾消。所以老庄上德不德、绝圣弃知的主张，理想虽高，而究不适于顽劣的人类社会。

习俗对于维持社会安宁，自有相当价值，我们是不能否认的。可是以维持安宁为社会唯一目的，则未免大错特错。习俗是守旧的，而社会则须时时翻新，才能增长滋大，所以习俗有时时打破的必要。人是一种贱动物，只好模仿因袭，不乐改革创造。所以维持固有的风化，用不着你费力。你让它去，世间自有一般庸人懒人去担心。可是要打破一种习俗，却不是一件易事。物理学上仿佛有一条定律说，凡物既静，不加力不动。而所加的力必比静物的惰力大，才能使它动。打破习俗，你须以一二人之力，抵抗千万人之惰力，所以非有雷霆万钧的力量不可。因此，习俗的背叛者比习俗的顺从者较为难能可贵，从历史看社会进化，都是靠着几个站在十字街头而能向十字街头宣战的人。这般人的报酬往往不是十字架，就是断头台。可是世间只有他们才是不朽，倘若世界没有他们这些殉道者，人类早已为乌烟瘴气闷死了。

一种社会所最可怕的不是民众浮浅顽劣，因为民众通常都是浮浅顽劣的。它所最可怕的是没有在浮浅卑劣的环境中而能不浮浅不卑劣的人。比方英国民众就是很沉滞顽劣的，然而在这种沉滞顽劣的社会中，偶尔跳出一二个性坚强的人，如雪莱、卡莱尔、罗素等，其特立独行的胆与识，却非其他民族所可多得。这是英国人力量所在的地方。路易·笛铿生尝批评日本，说她是一个没有柏拉图和亚理斯多德的希腊，所以不能造伟大的境界。据生物学家说，物竞天择的结果不能产生新种，要产生新种须经突变（sports）。所谓突变，是指不像同种的新裔。社会也是如此，它能否生长滋大，就看它有无突变式的分子；换句话说，就看十字街头的矮人群中有没有几个大汉。

说到这点，我不能不替我们中国人汗颜了。处人胯下的印度还有一位泰戈尔和一位甘地，而中国满街只是一些打冒牌的学者和打冒牌的社会运动家。强者皇然叫嚣，弱者随声附和，旧者盲从传说，新者盲从时尚，相习成风，每况愈下，而社会之浮浅顽劣虚伪酷毒，乃日不可收拾。在这个当儿，站在十字街头的我们青年怎能免彷徨失措？朋友，昔人临歧而哭，假如你看清你面前的险径，你会心寒胆裂哟！围着你的全是浮浅顽劣虚伪酷毒，你只有两种应付方法：你只有和它冲突，要不然，就和它妥洽。在现时这种状况之下，冲突就是烦恼，妥洽就是堕落。无论走哪一条路，结果都是悲剧。

但是，朋友，你我正不必因此颓丧！假如我们的力量够，冲突结果，也许是战胜。让我们相信世界达真理之路只有自由思想，让我们时时记着十字街头浮浅虚伪的传说和时尚都是真理路上的障碍，让我们本着少年的勇气把一切市场偶像打得粉碎！

最后，打破偶像，也并非卤莽叫嚣所可了事。卤莽叫嚣还是十字街头的特色，是浮浅卑劣的表征。我们要能于叫嚣扰攘中：以冷静态度，灼见世弊；以深沉思考，规划方略；以坚强意志，征服障碍。总而言之，我们要自由伸张自我，不要汩没在十字街头的影响里去。

朋友，让我们一齐努力罢！

　　　　　　　　　　　　你的同志，光潜。

六、谈多元宇宙

朋友：

你看到"多元宇宙"这个名词，也许联想到哲姆士的哲学名著。但是你不用骇怕我谈玄，你知道我是一个不懂哲学而且厌听哲学的人。今天也只是吃家常便饭似的，随便谈谈，与哲姆士毫无关系。

年假中朋友们无事来闲谈，"言不及义"的时候，动辄牵涉到恋爱问题。各人见解不同，而我所援以辩护恋爱的便是我所谓"多元宇宙"。

什么叫做"多元宇宙"呢？

人生是多方面的，每方面如果发展到极点，都自有其特殊宇宙和特殊价值标准。我们不能以甲宇宙中的标准，测量乙宇宙中的价值。如果勉强以甲宇宙中的标准，测量乙宇宙中的价值，则乙宇宙便失其独立性，而只在乙宇宙中可尽量发展的那一部分性格便不免退处于无形。

各人资禀经验不同，而所见到的宇宙，其种类多寡，量积大小，也不一致。一般人所以为最切己而最推重的是"道德的宇宙"。"道德的宇宙"是与社会俱生的。如果世间只有我，"道德的宇宙"便不能成立。比方没有父母，便无孝慈可言，没有亲友，便无信义可言。人与人相接触以后，然后道德的需要便因之而起。人是社会的动物，而同时又秉有反社会的天性。想调剂社会的需要与利己的欲望，人与人之间的关系不能不有法律道德为之维护。因有法律存在，我不能以利己欲望妨害他人，他人也不能以利己欲望妨害我，于是彼此乃宴然相安。因有道德存在，我尽心竭力以使他人享受幸福，他人也尽心竭力以使我享受幸福，于是彼此乃欢然同乐，社会中种种成文的礼法和默认的信条都是根据这个基本原理。服从这种礼法和信条便是善，破坏这种礼法和信条便是恶。善恶便是"道德的宇宙"中的价值标准。

我们既为社会中人，享受社会所赋予的权利，便不能不对于社会负有相当义务，不能不趋善避恶，以求达到"道德的宇宙"的价值标准的最高点。在"道德的宇宙"中，如果能登峰造极，也自能实现伟大的自我，孔子、苏格腊底和耶稣诸人的风范所以照耀千古。

但是"道德的宇宙"决不是人生唯一的宇宙，而善恶也决不能算是一切价值的标准，这是我们中国人往往忽略的道理。

比方在"科学的宇宙"中，善恶便不是适当的价值标准。"科学的宇宙"中的适当的价值标准只是真伪。科学家只问：这个定律是否合于事实？这个结论是否没有讹错，他们决问不到："物体向地心下坠"合乎道德吗？"勾方加股方等于弦方"有些不仁不义罢？固然"科学的宇宙"也有时和"道德的宇宙"相抵触。但是科学家只当心真理而不顾社会信条。格里利阿宣传哥白尼地动说，达尔文主张生物是进化而不是神造的，就教会眼光看，他们都是不道德的，因为他们直接的辩驳圣经，间接的摇动宗教和它的道德信条。可是格里利阿和达尔文是"科学的宇宙"中的人物，从"道德的宇宙"所发出来的命令，他们则不敢奉命唯谨。科学家的这种独立自由的态度到现代更渐趋明显。比方伦理学从前是指导行为的规范科学，而近来却都逐渐向纯粹科学的路上走，它们的问题也逐渐由"应该或不应该如此"变为"实在是如此或不如此"了。

其次，"美术的宇宙"也是自由独立的。美术的价值标准既不是是非，也不是善恶，只是美丑。从希腊以来，学者对于美术有三种不同的见解。一派以为美术含有道德的教训，可以陶冶性情。一派以为美术的最大功用只在供人享乐。第三派则折衷两说，以为美术既是教人道德的，又是供人享乐的。好比药丸加上糖衣，吃下去又甜又受用。这三种学说在近代都已被人推翻了。现代美术家只是"为美术而言美术"（Art for Art's Sake）。意大利美学泰斗克罗齐并且说美和善是绝对不能混为一谈的。因为道德行为都是起于意志，而美术品只是直觉得来的意象，无关意志，所以无关道德。这并非说美术是不道德的，美术既非"道德的"，也非"不道德的"，它只是"超道德的"。说一个幻想是道德的，或者说一幅画是不道德的，是无异于说一个方形是道德的，或者说一个三角形是不道德的，同为毫无意义。美术家最大的使命，求创造一种意境，而意境必须超脱现实。我们可以说，在美术方面，不能"脱实"便是不能"脱俗"。因此，从"道德的宇宙"中的标准看，曹操、阮大铖、李波·李披（Fra Lippo Lippi）和摆伦一般人都不是圣贤，而从"美术的宇宙"中的标准看，这些人都不失其为大诗家或大画家。

再其次，我以为恋爱也是自成一个宇宙；在"恋爱的宇宙"里，我们只能问某人之爱某人是否真纯，不能问某人之爱某人是否应该。其实就是只"应该不应该"的问题，恋爱也是不能打消的。从生物学观点看，生殖对于种族为重大的利益，而对于个体则为重大的牺牲。带有重大的牺牲，不能不兼有重大的引诱，所以性欲本能在诸本能中最为强烈。我们可以说，人应该生存，应该绵延种族，所以应该恋爱。但是这番话仍然是站在"道德的宇宙"中说的，在"恋爱的宇宙"中，恋爱不是这样机械的东西，它是至上的，神圣的，含有无穷奥秘的。在恋爱的状态中，两人脉搏的一起一落，两人心灵的一往一复，都恰能忻合无间。在这种境界，如果身家、财产、学业、名誉、道德等等观念渗入一分，则恋爱真纯的程度便须减少一分。真能恋爱的人只是为恋爱而恋爱，恋爱以外，不复另有宇宙。

"恋爱的宇宙"和"道德的宇宙"虽不必定要不能相容，而在实际上往往互相冲突。恋爱和道德相冲突时，我们既不能两全，应该牺牲恋爱呢，还是牺牲道德呢？道德家说，道德至上，应牺牲恋爱。爱伦凯一般人说，恋爱至上，应牺牲道德。就我看，这所谓"道德至上"与"恋爱至上"都未免笼统。我们应该加上形容句子说，在"道德的宇宙"中道德至上，在"恋爱的宇宙"中恋爱至上。所以遇着恋爱和道德相冲突时，社会本其"道德的宇宙"的标准，对于恋爱者大肆其攻击诋毁，是分所应有的事，因为不如此则社会所赖以维持的道德难免隳丧；而恋爱者整个的醺醉于"恋爱的宇宙"里，毅然不顾一切，也是分所应有的事，因为不如此则恋爱不真纯。

"恋爱的宇宙"中，往往也可以表现出最伟大的人格。我时常想，能够恨人极点的人和能够爱人极点的人都不是庸人。日本民族是一个有生气的民族，因他们中间有人能够以嫌怨杀人，有人能够为恋爱自杀。我们中国人随在都讲"中庸"，恋爱也只能达到温汤热。所以为恋爱而受社会攻击的人，立刻就登报自辩。这不能不算是根性浅薄的表征。

朋友，我每次写信给你都写到第六张信笺为止。今天已写完第六张信笺了，可是如果就在此搁笔，恐怕不免叫人误解，让我在收尾时郑重声明一句罢。恋爱是至上的，是神圣的，所以也是最难遭遇的。"道德的宇宙"里真正的圣贤少，"科学的宇宙"里绝对真理不易得，"美术的宇宙"里完美的作家寥寥，"恋爱的宇宙"里真正的恋爱人更是凤毛麟角。恋爱是人格的交感共鸣，所以恋爱真纯的程度以人格高下为准。一般人误解恋爱，动于一时飘忽的性欲冲动而发生婚姻关系，境过则情迁，色衰则爱弛，这虽是冒名恋爱，实则只是纵欲。我为真正恋爱辩护，我却不愿为纵欲辩护，我愿青年应该懂得恋爱神圣，我却不愿青年在血气未定的时候，去盲目地假恋爱之名寻求泄欲。

意长纸短，你大概已经懂得我的主张了罢？

你的朋友，光潜。

七、谈升学与选课

朋友：

你快要在中学毕业了，此时升学问题自然常在脑中盘旋。这一着也是人生一大关键，所以值得你慎而又慎。

升学问题分析起来便成为两个问题，第一是选校问题，第二是选科问题。这两个问题自然是密切相关的，但是为说话清晰起见，分开来说，较为便利。

我把选校问题放在第一，因为青年们对于选校是最容易走入迷途的。现在中国社会还带有科举时代的资格迷。比方小学才毕业便希望进中学，大学才毕业便希望出洋，出洋基本学问还没有做好，便希望掇拾中国古色斑斑的东西去换博士。学校文凭只是一种找饭碗的敲门砖。学校招牌愈亮，文凭就愈行时，实学是无人过问的。社会既有这种资格迷，而资格买卖所便乘机而起。租三间铺面，拉拢一个名流当"名誉校长"，便可挂起一个某某大学的招牌。只看上海一隅，大学的总数比较英或法全国大学的总数似乎还要超过，谁说中国文化没有提高呢？大学既多，只是称"大学"还不能动听，于是"大学"之上又冠以"美国政府注册"的头衔。既"大学"而又在"美国政府注册"，生意自然更加茂盛了。何况许多名流又肯"热心教育"做"名誉校长"呢？

朋友，可惜这些多如牛毛的大学都不能解决我们升学的困难，因为那些有"名誉校长"或是"美国政府注册"的大学，是预备让有钱可化的少爷公子们去逍遥岁月，像你我们既无钱可化，又无时光可化，只好望望然去罢。好在它们的生意并不会因我们"杯葛"而低落的，我们求学最难得的是诚恳的良师与和爱的益友，所以选校应该以有无诚恳、和爱的空气为准。如果能得这种学校空气，无论是大学不是大学，我们都可以心满意足。做学问全赖自己，做事业也全赖自己，与资格都无关系。我看过许多留学生程度不如本国大学生，许多大学生程度不如中学生。至于凭资格去混事做，学校的资格在今日是不大高贵的，你如果作此想，最好去逢迎奔走，因为那是一条较捷的路径。

升学问题，跨进大学门限以后，还不能算完全解决。选科选课还得费你几番踌躇。在选课的当儿，个人兴趣与社会需要尝不免互相冲突。许多人升学选课都以社会需要为准。从前人都欢迎速成法政；我在中学时代，许多同学都希望进军官学校或是教会大学；我进了高等师范，那要算是穷人末路。那时高等师范里最时髦的是英文科，我选了国文科，那要算是腐儒末路。杜威来中国时，哥伦比亚大学的留学生们把教育学也弄得很热闹。近来书店逐渐增多，出诗文集一天容易似一天，文学的风头也算是出得十足透顶。听说现在法政经济又很走时了。朋友，你是学文学或是学法政呢？"学以致用"本来不是一种坏的主张；但是资禀兴趣人各不同，你假若为社会需要而忘却自己，你就未免是一位"今之学者"了。任何科目，只要和你兴趣资禀相近，都可以发挥你的聪明才力，都可以使你效用于社会。所以你选课时，旁的问题都可以丢开，只要问："这门功课合我的胃口么？"

　　我常时想，做学问，做事业，在人生中都只能算是第二桩事。人生第一桩事是生活。我所谓"生活"是"享受"，是"领略"，是"培养生机"。假若为学问为事业而忘却生活，那种学问事业在人生中便失其真正意义与价值。因此，我们不应该把自己看作社会的机械。一味迎合社会需要而不顾自己兴趣的人，就没有明白这个简单的道理。

我把生活看作人生第一桩要事，所以不赞成早谈专门；早谈专门便是早走狭路，而早走狭路的人对于生活常不能见得面面俱到。前天 G 君对我谈过一个故事，颇有趣，很可说明我的道理。他说，有一天，一个中国人、一个印度人和一位美国人游历，走到一个大瀑布前面，三人都看得发呆；中国人说："自然真是美丽！"印度人说："在这种地方才见到神的力量呢！"美国人说："可惜偌大水力都空费了！"这三句话各各不同，各有各的真理，也各有各的缺陷。在完美的世界里，我们在瀑布中应能同时见到自然的美丽、神力的广大和水力的实用。许多人因为站在狭路上，只能见到诸方面的某一面，便说他人所见到的都不如他的真确。前几年大家曾像煞有介事地争辩哲学和科学，争辩美术和宗教，不都是坐井观天诬天渺小么？

我最怕和谈专门的书呆子在一起，你同他谈话，他三句话就不离本行。谈到本行以外，旁人所以为兴味盎然的事物，他听之则麻木不能感觉。像这样的人是因为做学问而忘记生活了。我特地提出这一点来说，因为我想现在许多人大谈职业教育，而不知单讲职业教育也颇危险。我并非反对职业教育，我却深深地感觉到职业教育应该有宽大自由教育（liberal education）做根底。倘若先没有多方面的宽大自由教育做根底，则职业教育的流弊，在个人方面，常使生活单调乏味，在社会方面，常使文化浮浅褊狭。

许多人一开口就谈专门（specialization），谈研究（research work）。他们说，欧美学问进步所以迅速，由于治学尚专门。原来不专则不精，固是自然之理，可是"专"也并非是任何人所能说的。倘若基础树得不宽广，你就是"专"，也决不能专到多远路。自然和学问都是有机的系统，其中各部分常息息相通，牵此则动彼。倘若你对于其他各部分都茫无所知，而专门研究某一部分，实在是不可能的。哲学和历史，须有一切学问做根底；文学与哲学、历史也密切相关；科学是比较可以专习的，而实亦不尽然。比方生物学，要研究到精深的地步，不能不通化学，不能不通物理学，不能不通地质学，不能不通数学和统计学，不能不通心理学。许多人连动物学和植物学的基础也没有，便谈专门研究生物学，是无异于未学爬而先学跑的。我时常想，学问这件东西，先要能博大而后能精深。"博学守约"，真是至理名言。亚理斯多德是种种学问的祖宗。康德在大学里几乎能担任一切功课的教授。哥德盖代文豪而于科学上也很有建树。

亚当·斯密是英国经济学的始祖，而他在大学是教授文学的。近如罗素，他对于数学、哲学、政治学样样都能登峰造极。这是我信笔写来的几个确例。西方大学者（尤其是在文学方面）大半都能同时擅长几种学问的。

我从前预备再做学生时，也曾痴心妄想过专门研究某科中的某某问题。来欧以后，看看旁人做学问所走的路径，总觉悟像我这样浅薄，就谈专门研究，真可谓"颜之厚矣"！我此时才知道从前在国内听大家所谈的"专门"是怎么一回事。中国一般学者的通病就在不重根基而侈谈高远。比方"讲东西文化"的人，可以不通哲学，可以不通文学和美术，可以不通历史，可以不通科学，可以不懂宗教，而信口开河，凭空立说；历史学者闻之窃笑，科学家闻之窃笑，文艺批评学者闻之窃笑，只是发议论者自己在那里洋洋得意。再比方著世界文学史的人，法国文学可以不懂，英国文学可以不懂，德国文学可以不懂，希腊文学可以不懂，中国文学可以不懂，而东抄西袭，堆砌成篇，使法国文学学者见之窃笑，英国文学学者见之窃笑，中国文学学者见之窃笑，只是著书人自己在那里大吹喇叭。这真所谓"放屁放屁，真正岂有此理"！

朋友，你就是升到大学里去，千万莫要染着时下习气，侈谈高远而不注意把根基打得宽大稳固。我和你相知甚深，客气话似用不着说。我以为你在中学所打的基本学问的基础还不能算是稳固，还不能使你进一步谈高深专门的学问。至少在大学头一二年中，你须得尽力多选功课，所谓多选功课，自然也有一个限制。贪多而不务得，也是一种毛病。我是说，在你的精力时间可能范围以内，你须极力求多方面的发展。

最后，我这番话只是针对你的情形而发的。我不敢说一切中学生都要趁着这条路走。但是对于预备将来专门学某一科而谋深造的人，——尤其是所学的关于文哲和社会科学方面，——我的忠告总含有若干真理。

同时，我也很愿听听你自己的意见。

你的好友，光潜。

八、谈作文

朋友：

我们对于许多事，自己愈不会做，愈望朋友做得好。我生平最大憾事就是对于美术和运动都一无所长。幼时薄视艺事为小技，此时亦偶发宏愿去学习，终苦于心劳力拙，怏怏然废去。所以每遇年幼好友，就劝他趁早学一种音乐，学一项运动。

其次，我极羡慕他人做得好文章。每读到一种好作品，看见自己所久想说出而说不出的话，被他人轻轻易易地说出来了，一方面固然以作者"先获我心"为快，而另一方面也不免心怀惭怍，惟其惭怍，所以每遇年幼好友，也苦口劝他练习作文，虽然明明知道人家会奚落我说："你这样起劲谈作文，你自己的文章就做得'蹩脚'！"

文章是可以练习的么？迷信天才的人自然嗤着鼻子这样

问。但是在一切艺术里，天资和人力都不可偏废。古今许多第一流作者大半都经过极刻苦的推敲揣摩的训练。法国福洛伯尝费三个月的功夫做成一句文章；莫泊桑尝拜门请教，福洛伯叫他把十年辛苦成就的稿本付之一炬，从新起首学描实境。我们读莫泊桑那样的极自然极轻巧极流利的小说，谁想到他的文字也是费功夫作出来的呢？我近来看见两段文章，觉得是青年作者应该悬为座右铭的，写在下面给你看看：

一段是从托尔斯泰的儿子 Count Ilya Tolstoy 所做的《回想录》（Reminiscences）里面译出来的，这段记载托尔斯泰著《婀娜小传》（Anna Karenina）修稿时的情形。他说："《婀娜小传》初登俄报 Vyetnik 时，底页都须寄吾父亲自己校对。他起初在纸边加印刷符号如删削句读等。继而改字，继而改句，继而又大加增删，到最后，那张底页便成百孔千疮，糊涂得不可辨识。幸吾母尚能认清他的习用符号以及更改增删。她尝终夜不眠替吾父誊清改过底页。次晨，她便把他很整洁的清稿摆在桌上，预备他下来拿去付邮。吾父把这清稿又拿到书房里去看'最后一遍'，到晚间这清稿又重新涂改过，比原来那张底页要更加糊涂，吾母只得再抄一遍。他很不安地向吾母道歉。'松雅吾爱，真对不起你，我又把你誊的稿子弄糟了。我再不改了。明天一定发出去。'但是明天之后又有明天。有时甚至于延迟几礼拜或几月。他总是说，'还有一处要再看一下'，于是把稿子再拿去改过。再誊清一遍。有时稿子已发出了，吾父忽然想到还要改几个字，便打电报去吩咐报馆替他改。"

你看托尔斯泰对文字多么谨慎，多么不惮烦！此外小泉八云给张伯伦教授（Prof. Chamberlain）的信也有一段很好的自白，他说："……题目择定，我先不去运思，因为恐怕易生厌倦。我作文只是整理笔记。我不管层次，把最得意的一部分先急忙地信笔写下。写好了，便把稿子丢开，去做其他较适意的工作。到第二天，我再把昨天所写的稿子读一遍，仔细改过，再从头至尾誊清一遍，在誊清中，新的意思自然源源而来，错误也呈现了，改正了。于是我又把他搁起，再过一天，我又修改第三遍。这一次是最重要的，结果总比原稿大有进步，可是还不能说完善。我再拿一片干净纸作最后的誊清，有时须誊两遍。经过这四五次修改以后，全篇的意思自然各归其所，而风格也就改定妥贴了。"

小泉八云以美文著名，我们读他这封信，才知道他的成功秘诀。一般人也许以为这样咬文嚼字近于迂腐。在青年心目中，这种训练尤其不合胃口。他们总以为能倚马千言、不加点窜的才算好脚色。这种念头不知误尽多少苍生？在艺术田地里比在道德田地里，我们尤其要讲良心。稍有苟且，便不忠实。听说印度的甘地主办一种报纸，每逢作文之先，必斋戒静坐沉思一日夜然后动笔。我们以文字骗饭吃的人们对之能不愧死么？

文章像其他艺术一样，"神而明之，存乎其人"，精微奥妙都不可言传，所可以言传的全是糟粕。不过初学作文也应该认清路径，而这种路径是不难指点的。

学文如学画，学画可临帖，又可写生。在这两条路中间，写生自然较为重要。可是临帖也不可一笔勾销，笔法和意境在初学时总须从临帖中领会。从前中国文人学文大半全用临帖法。每人总须读过几百篇或几千篇名著，揣摩呻吟，至能背诵，然后执笔为文，手腕自然纯熟。欧洲文人虽亦重读书，而近代第一流作者大半由写生入手。莫泊桑初请教于福洛伯，福洛伯叫他描写一百个不同的面孔。霸若因为要描写吉伯色野人生活，便自己去和他们同住，可是这并非说他们完全不临帖。许多第一流作者起初都经过模仿的阶段。莎氏比亚起初模仿英国旧戏剧作者，白朗宁起初模仿雪莱。杜斯退益夫司基和许多俄国小说家都模仿嚣俄。我以为向一般人说法，临帖和写生都不可偏废。所谓临帖在多读书。中国现当新旧交替时代，一般青年颇苦无书可读。新作品寥寥有数，而旧书又受复古反动影响，为新文学家所不乐道。其实冬烘学究之厌恶新小说和白话诗，和新文学运动者之攻击读经和念古诗文，都是偏见。文学上只有好坏的分别，没有新旧的分别。青年们读新书已成时髦，用不着再提倡，我只劝有闲工夫有好兴致的人对于旧书也不妨去读读看。

读书只是一步预备的工夫，真正学作文，还要特别注意写生。要写生，须勤做描写文和记叙文。中国国文教员们常埋怨学生们不会做议论文。我以为这并不算奇怪。中学生的理解和知识大半都很贫弱，胸中没有议论，何能做得出议论文？许多国文教员们叫学生入手就做议论文，这是没有脱去科举时代的陋习。初学做议论文是容易走入空疏俗滥的路上去。我以为初学作文应该从描写文和记叙文入手，这两种文做好了，议论文是很容易办的。

这封信只就一时见到的几点说说。如果你想对于作文方法还要多知道一点，我劝你看看夏丏尊和刘薰宇两先生合著的《文章作法》。这本书有许多很精当的实例，对于初学是很有用的。

光潜。

九、谈情与理

朋友：

去年张东荪先生在《东方杂志》发表过两篇论文，讨论兽性问题，并提出理智救国的主张。今年李石岑先生和杜亚泉先生也为着同样问题，在《一般》上起过一番辩论。一言以蔽之，他们的争点是：我们的生活应该受理智支配呢？还是应该受感情支配呢？张、杜两先生都是理智的辩护者，而李先生则私淑尼采，对于理智颇肆抨击。我自己在生活方面，尝感着情与理的冲突。近来稍涉猎文学、哲学，又发见现代思潮的激变，也由这个冲突发轫。屡次手痒，想做一篇长文，推论情与理在生活与文化上的位置，因为牵涉过广，终于搁笔。在私人通信中，大题不妨小做，而且这个问题也是青年所急宜了解的，所以趁这次机会，粗陈鄙见。

科学家讨论事理，对于规范与事实，辨别极严。规范是应然的，是以人的意志定出一种法则来支配人类生活的。事实是实然的，是受自然法则支配的。比方伦理、教育、政治、法律、经济各种学问都侧重规范，数、理、化各种学问都侧重事实。规范虽和事实不同，而却不能不根据事实。比方在教育学中，"自由发展个性"是一种规范，而所根据的是儿童心理学中的事实；在马克斯派经济学中，"阶级斗争"和"劳工专政"都是规范，而"剩余价值"律和"人口过剩"律是他所根据的事实。但是一般人制定规范，往往不根据事实而根据自己的希望。不知人的希望和自然界的事实常不相伴，而规范是应该现于事实的。规范倘若不根据事实，则不特不能实现，而且漫无意义。比方在事实上二加二等于四，而人的希望往往超过事实，硬想二加二等于五。既以为二加二等于五是很好的，便硬定"二加二应该等于五"的规范，这岂不是梦话？

　　我所以不满意张东荪、杜亚泉诸先生的学说者，就因为他们既没有把规范和事实分别清楚，而又想离开事实，只凭自家理想去定规范。他们想把理智抬举到万能的地位，而不问在事实上理智是否万能；他们只主张理智应该支配一切生活，而不考究生活是否完全可以理智支配。我很奇怪张先生以柏格荪的翻译者而抬举理智，我尤其奇怪杜先生想从哲学和心理学的观点去抨击李先生，而不知李先生的学说得自尼采，又不知他自己所根据的心理学久已陈死。

只论事实，世界文化和个人生活果能顺着理智所指的路径前进么？现代哲学和心理学对于这个问题所给的答案是否定的。

哲学家怎样说呢？现代哲学的主要潮流可以说主要是十八世纪理智主义的反动。自尼采、叔本华以至于柏格荪，没有人不看透理智的威权是不实在的。依现代哲学家看，宇宙的生命、社会的生命和个体的生命都只有目的而无先见（purposive without foresight）。所谓有目的，是说生命是有归宿的，是向某固定方向前进的。所谓无先见，是说在某归宿之先，生命不能自己预知归宿何所。比方母鸡孵卵，其目的在产小鸡，而这个目的却不必预存于母鸡的意识中。理智就是先见，生命不受先见支配，所以不受理智支配。这是现代哲学上一种主要思潮，而这个思潮在政治思想上演出两个相反的结论。其一为英国保守派政治哲学。他们说，理智既不能左右社会生命，所以我们应该让一切现行制度依旧存在，它们自己会变好，不用人费力去筹划改革。其一为法国行会主义（syndicalism）。这派激烈分子说，现行制度已经够坏了，把它们打破以后，任它们自己变去，纵然没有理智产生的建设方略，也决不会有比现在更坏的制度发现出来。无论你相信哪一说，理智都不是万能的。

在心理学方面，理智主义的反动尤其剧烈。这种反动有两个大的倾向。第一个倾向是由边沁的乐利主义（hedonism）转到墨独孤的动原主义（homic theory）。乐利派心理学者以为一切行为都不外寻求快感与避免痛感。快感与痛感就是行为的动机。吾人心中预存何者发生快感、何者发生痛感的计算，而后才有寻求与避免的行为。换句话说，行为是理智的产品，而理智所去取，则以感觉之快与不快为标准。这种学说在十八十九两世纪颇盛行，到了现代，因为受墨独孤心理学者的攻击，已成体无完肤。依墨独孤派学者看，乐利主义误在倒果为因。快感与痛感是行为的结果，不是行为的动机，动作顺利，于是生快感，动作受阻碍，于是生痛感；在动作未发生之前，吾人心中实未曾运用理智，预期快感如何寻求、痛感如何避免。行为的原动力是本能与情绪，不是理智。这个道理墨独孤在他的《社会心理学》里说得很警辟。

心理学上第二个反理智的倾向是弗洛德派的隐意识心理学。依这派学者看，心好比大海，意识好比海面浮着的冰山，其余汪洋深湛的统是隐意识。意识在心理中所占位置甚小，而理智在意识中所占位置又甚小，所以理智的能力是极微末的。通常所谓理智，大半是理性化（rationalisation）的结果，理智之来，常不在行为未发生之前，而在行为已发生之后。行为之发生，大半由隐意识中的情意综（complexes）主持。吾人于事后须得解释辩护，于是才找出种种理由来。这便是理性化。比方一个人钟爱一个女子，天天不由自主的走到她的寓所左右。而他自己所能举出的理由只不外"去看报纸"、"去访她哥哥"、"去看那棵柳树今天开了几片新叶"一类的话。照这样说，不特理智不易驾驭感情，而理智自身也不过是感情的变相。维护理智的人喜用弗洛德的升华说（sublimation）做护身符，不知所谓升华大半还是隐意识作用，其中情的成分比理的成分更加重要。

总观以上各点，我们可以知道在事实上理智支配生活的能力是极微末、极薄弱的，尊理智抑感情的人在思想上是开倒车，是想由现世纪回到十八世纪。开倒车固然不一定就是坏，可是要开倒车的人应该先证明现代哲学和心理学是错误的。不然，我们决难悦服。

更进一步，我们姑且丢开理智是否确能支配情感的问题，而衡量理智的生活是否确比情感的生活价值来得高。迷信理智的人不特假定理智能支配生活，而且假定理智的生活是尽善尽美的。第一个假定，我们已经知道，是与现代哲学和心理学相矛盾的。现在我们来研究第二个假定。

第一，我们应该知道理智的生活是很狭隘的。如果纯任理智，则美术对于生活无意义，因为离开情感，音乐只是空气的震动，图画只是涂着颜色的纸，文学只是联串起来的字。如果纯任理智，则宗教对于生活无意义，因为离开情感，自然没有神奇，而冥感灵通全是迷信。如果纯任理智，则爱对于人生也无意义，因为离开情感，男女的结合只是为着生殖。我们试想生活中无美术、无宗教（我是指宗教的狂热的情感与坚决信仰）、无爱情，还有什么意义？记得几年前有一位学生物学的朋友在《学灯》上发表一篇文章，说穷到究竟，人生只不过是吃饭与交媾。他的题目我一时记不起，仿佛是"悲"、"哀"一类的字。专从理智着想，他的话是千真万确的。但是他忘记了人是有感情的动物。有了感情，这个世界便另是一个世界，而这个人生便另是一个人生，决不是吃饭交媾就可以了事的。

第二，我们应该知道理智的生活是很冷酷的，很刻薄寡恩的。理智指示我们应该做的事甚多，而我们实在做到的还不及百分之一。所做到的那百分之一大半全是由于有情感在后面驱遣。比方我天天看见很可怜的乞丐，理智也天天提醒我赈济困穷的道理，可是除非我心中怜悯的情感触动时，我百回就有九十九回不肯掏腰包。前几天听见一位国学家投河的消息，和朋友们谈，大家都觉得他太傻。他固然是傻，可是世间有许多事项得有几分傻气的人才能去做。纯信理智的人天天都打计算，有许多不利于己的事他决不肯去做的。历史上许多侠烈的事迹都是情感的而不是理智的。

人类如要完全信任理智，则不特人生趣味剥削无余，而道德亦必流为下品。严密说起，纯任理智的世界中只能有法律而不能有道德。纯任理智的人纵然也说道德，可是他们的道德是问理的道德（morality according to principle），而不是问心的道德（morality according to heart）。问理的道德迫于外力，问心的道德激于衷情，问理而不问心的道德，只能给人类以束缚而不能给人类以幸福。

比方中国人所认为百善之首的"孝"，就可以当作问理的道德，也可以当作问心的道德。如果单讲理智，父母对于子女不能居功，而子女对于父母便不必言孝。这个道理胡适之先生在《答汪长禄书》里说得很透辟。他说：

"父母于子无恩"的话，从王充、孔融以来，也很久了。……今年我自己生了一个儿子，我才想到这个问题上去。我想这个孩子自己并不曾自由主张要生在我家，我们做父母的也不曾得他的同意，就糊里糊涂的给他一条生命，况且我们也并不曾有意送给他这条生命。我们既无意，如何能居功？……我们生一个儿子，就好比替他种了祸根，又替社会种了祸根。……所以我们教他养他，只是我们减轻罪过的法子。……这可以说是恩典吗？

因此，胡先生不赞成把"儿子孝顺父母"列为一种"信条"。

胡先生所以得此结论，是假定孝只是一种报酬，只是一种问理的道德。把孝当作这样解释，我也不赞成把它"列为一种信条"。但是我们要知道真孝并不是一种报酬，并不是借债还息。孝只是一种爱，而凡爱都是以心感心，以情动情，决不像做生意买卖，时时抓住算盘子，计算你给我二五，我应该报酬你一十。换句话说，孝是情感的，不是理智的。世间有许多慈母，不惜牺牲一切，以护养她的婴儿；世间也有许多婴儿，无论到了怎样困穷忧戚的境遇，总可以把头埋在母亲的怀里，得那不能在别处得到的保护与安慰。这就是孝的起源，这也就是一切爱的起源。这种孝全是激于至诚的，是我所谓问心的道德。

孝不是一种报酬，所以不是一种义务，把孝看成一种义务，于是"孝"就由问心的道德降而为问理的道德了。许多人"孝顺"父母，并不是因为激于情感，只因为他想凡是儿子都须得孝顺父母，才成体统。礼至而情不至，孝的意义本已丧失。儒家想因存礼以存情，于是孝变成一种虚文。像胡先生所说，"无论怎样不孝的人，一穿上麻衣，带上高梁冠，拿着哭丧棒，人家就称他做'孝子'"了。近人非孝，也是从理智着眼，把孝看作一种债息。其实与儒家末流犯同一毛病。问理的孝可非，而问心的孝是不可非的。

孝不过是许多事例中之一种。其他一切道德也都可以有问心的和问理的分别。问理的道德虽亦不可少，而衡其价值，则在问心的道德之下。孔子讲道德注重"仁"字，孟子讲道德注重"义"字，"仁"比"义"更有价值，是孔门学者所公认的。"仁"就是问心的道德，"义"就是问理的道德。宋儒注"仁义"两个字说："仁者心之德，义者事之宜。"这是很精确的。

我说了这许多话，可以一言以蔽之，"仁"胜于"义"，问心的道德胜于问理的道德，所以情感的生活胜于理智的生活。生活是多方面的，我们不但要能够知（know），我们更要能够感

（feel）。理智的生活只是片面的生活。理智没有多大能力去支配情感，纵使理智能支配情感，而理胜于情的生活和文化都不是理想的。

我对于这个问题还有许多的话，在这封信里只能言不尽意，待将来再说。

你的朋友，光潜。

此文发表后，曾蒙杜亚泉先生给了一个批评（见《一般》三卷三号），当时课忙，所以没有奉复。我此文结论中明明说过："问理的道德虽亦不可少，而衡其价值，则在问心的道德之下。"我并没有说把理智完全勾消。杜先生也说："我也主张主情的道德。"然则我们的意见根本并无二致。我不能不羡慕杜先生真有闲工夫。

杜先生一方面既然承认"朱先生说，'真孝并不是一种报酬'这句话很精到的"，而另一方面又加上一句"但是'孝不是一种义务'这句话却错了"。我以为他可以说出一番大道理来，而下文不过是如此："至于父母就是社会上担负教育子女义务的人……这种人在衰老的时候，社会也应该辅养他。"说明白一点咧，在子女幼时，父母曾为社会辅养子女；所以到父母老时，子女也应该为社会辅养父母。

请问杜先生，这是不是所谓报酬？承认我的"孝不是一种报酬"一语为"精到"，而说明"孝是一种义务"时，又回到报酬的原理，这似犯了维护理智的人们所谓"矛盾律"。

"今之孝者，是谓能养"，杜先生大约还记得下文罢？我承认"养老"、"养小"都确是一种义务，我否认能尽这种义务就是孝慈。因为我主张于能尽养老的义务之外，还要有出于衷诚的敬爱，才能谓孝，所以我主张孝不是一种报酬。因为我主张孝不是一种报酬，所以我否认孝只是一种义务。杜先生同意于"孝不是一种报酬"，而致疑于"孝不是一种义务"，这也是矛盾。

维护理智的人，推理一再陷于矛盾，世间还有更好的凭据证明理智不可尽信么？

十七年二月，光潜附注。

062

十、谈摆脱

朋友：

近来研究黑格尔（Hegel）讨论悲剧的文章，有时拿他的学说来印证实际生活，颇觉欣然有会意。许久没有写信给你，现在就拿这点道理作谈料。

黑格尔对于古今悲剧，最推尊希腊苏菲克里司（Sophocles）的《安蒂贡》（Antigone）。安蒂贡的哥哥因为争王位，借重敌国的兵攻击他自己的祖国第伯斯，他在战场上被打死了。第伯斯新王克利安（Creon）悬令，如有人敢收葬他，便处死罪，因为他是一个国贼。安蒂贡很像中国的聂嫈，毅然不避死刑，把她哥哥的尸骨收葬了。安蒂贡又是和克利安的儿子希蒙（Haemon）订过婚的，她被绞以后，希蒙痛悼她，也自杀了。

黑格尔以为凡悲剧都生于两理想的冲突，而《安蒂贡》是最好的实例。就克利安说，做国王的职责和做父亲的职责相冲突。就安蒂贡说，做国民的职责和做妹妹的职责相冲突。就希蒙说，做儿子的职责和做情人的职责相冲突。因此冲突，故三方面结果都是悲剧。

黑格尔只是论文学，其实推广一点说，人生又何尝不是一种理想的冲突场？不过实在界和舞台有一点不同，舞台上的悲剧生于冲突之得解决，而人生的悲剧则多生于冲突之不得解决。生命途程上的歧路尽管千差万别，而实际上只有一条路可走，有所取必有所舍，这是自然的道理。世间有许多人站在歧路上只徘徊顾虑，既不肯有所舍，便不能有所取。世间也有许多人既走上这一条路，又念念不忘那一条路。结果也不免差误时光。"鱼我所欲，熊掌亦我所欲，二者不可得兼，舍鱼而取熊掌可也。"有这样果决，悲剧决不会发生。悲剧之发生就在既不肯舍鱼，又不肯舍熊掌，只在那儿垂涎打算盘。这个道理我可以举几个实例来说明：

"禾"是一个大学生，很好文学，而他那一班的功课有簿记、有法律，都是他所厌恶的。他每见到我便愁眉蹙额地说："真是无聊！天天只是预备考试！天天只是读这些没有意味的课本！"我告诉他："你既不欢喜那些东西，便把它们丢开就是了。"他说：

"既然花了家里的钱进学堂，总得要勉强敷衍考试才是。"我说："你要敷衍考试，就敷衍考试就是了。"然而他天天嫌恶考试，天天又还在那儿预备考试。

我有一个幼时的同学恋爱了一个女子。他的家庭极力阻止他。他每次来信都向我诉苦。我去信告诉他说，"你既然爱她，便毅然不顾一切去爱她就是了。"他又说："家庭骨肉的恩爱就能够这样恝然置之么？"我回复他说："事既不能两全，你便应该趁早疏绝她。"但是他到现在还是犹豫不知所可，还是照旧叫苦。

"禹"也是一个旧相识。他在衙门里充当一个小差事。他很能做文章，家里虽不丰裕，也还不至于没有饭吃。衙门里案牍和他的脾胃不很合，而且妨碍他著述。他时常觉得他的生活没有意味，和我谈心时，不是说，"嗳，如果我不要就这个事，这本稿子久已写成了。"就是说："这事简直不是人干的，我回家陪妻子吃糙米饭去了！"像这样的话我也不知道听他说过多少回数，但是他还是依旧风雨无阻的去应卯。

这些朋友的毛病都不在"见不到"而在"摆脱不开"。"摆脱不开"便是人生悲剧的起源。畏首畏尾，徘徊歧路，心境既多苦痛，而事业也不能成就。许多人的生命都是这样模模糊糊的过去的。要免除这种人生悲剧，第一须要"摆脱得开"。消极说是"摆脱得开"，积极说便是"提得起"，便是"抓得住"。认定一个目标，便专心致志地向那里走，其余一切都置之度外，这是成功的秘诀，也是免除烦恼的秘诀。现在姑且举几个实例来说明我所谓"摆脱得开"。

释迦牟尼当太子时，乘车出游，看到生老病死的苦状，便恍然解悟人生虚幻，把慈父、娇妻、爱子和王位一齐抛开，深夜遁入深山，静坐菩提树下，冥心默想解脱人类罪苦的方法。这是古今第一个知道摆脱的人。其次如苏格拉底，如耶稣，如屈原，如文天祥，为保持人格而从容就死，能摆脱开一般人所摆脱不开的生活欲，也很可以廉顽立懦。再其次如希腊达奥杰尼司提倡克欲哲学，除一个饮水的杯子和一个盘坐的桶子以外，身旁别无长物，一日见童子用手捧水喝，他便把饮水的杯子也掷碎。犹太斯宾洛莎学说与犹太教义不合，犹太教徒行贿不遂，把他驱逐出籍，他以后便专靠磨镜过活。他在当时是欧洲第一个大哲学家，海德尔堡大学请他去当哲学教授，他说："我还是磨我的镜子比较自由。"所以谢绝教授的位置。这是能为真理为学问摆脱一切的。卓文君逃开富家的安适，去陪司马相如当垆卖酒，是能为恋爱摆脱一切的。张翰在齐做大司马东曹掾，一天看见秋风乍起，想起吴中菰菜莼羹鲈鱼脍，立刻就弃官归里。

陶渊明做彭泽令，不愿束带见督邮，向县吏说："我岂能为五斗米折腰向乡里小儿！"立即解绶辞官。这是能摆脱禄位以行吾心所安的。英国小说家司考特早年颇致力于诗，后读摆伦著作，知道自己在诗的方面不能有大成就，便丢开音律专去做他的小说。这是能为某一种学问而摆脱开其他学问之引诱的。孟敏堕甑，不顾而去。郭林宗问他的缘故，他回答说："甑已碎，顾之何益？"这是能摆脱过去失败的。

斯蒂芬生论文，说文章之术在知遗漏（the art of omitting），其实不独文章如是，生活也要知所遗漏。我幼时，有一位最敬爱的国文教师看出我不知摆脱的毛病，尝在我的课卷后面加这样的批语："长枪短戟，用各不同，但精其一，已足致胜。汝才有偏向，姑发展其所长，不必广心博骛也。"十年以来，说了许多废话，看了许多废书，做了许多不中用的事，走了许多没有目标的路，多尝试，少成功，回忆师训，殊觉赧然，冷眼观察，世间像我这样暗中摸索的人正亦不少。大节固不用说，请问街头那纷纷群众忙的为什么？为什么天天做明知其无聊的工作，说明知其无聊的话，和明知其无聊的朋友们假意周旋？在我看来，这都由于"摆脱不开"。因为人人都"摆脱不开"，所以生命便成了一幕最大的悲剧。

朋友，我写到这里，已超过寻常篇幅，把上面所写的翻看一过，觉得还没有把"摆脱"的道理说得透。我只谈到粗浅处，细微处让你自己暇时细心体会罢。

　　　　　　　　　　你的朋友，光潜。

十一、谈在露浮尔宫所得的一个感想

朋友：

去夏访巴黎露浮尔宫，得摩挲《孟洛里莎》肖像的原迹，这是我生平一件最快意的事。凡是第一流美术作品都能使人在微尘中见出大千，在刹那中见出终古。里阿那多·德·文奇（Leonardo de Vinci）的这幅半身美人肖像纵横都不过十几寸，可是她的意蕴多么深广！丕德（Walter Pater）在《文艺复兴论》里说希腊、罗马和中世纪的特殊精神都在这一幅画里表现无遗。我虽然不知道丕德所谓希腊的生气、罗马的淫欲和中世纪的神秘是什么一回事，可是从那轻盈笑靥里我仿佛窥透人世的欢爱和人世的罪孽。虽则见欢爱而无留恋，虽则见罪孽而无畏惧。一切希冀和畏避的念头在霎时间都涣然冰释，只游心于和谐静穆的意境。这种境界我在贝多芬乐曲里，在米罗爱神雕像里，在《浮士德》诗剧里，也常隐约领略过，可是都不如《孟洛里莎》所表现的深刻明显。

我穆然深思，我悠然遐想，我想像到中世纪人们的热情，想像到阿那多作此画时费四个寒暑的精心结构，想像到里莎夫人临画时听到四周的缓歌慢舞，如何发出那神秘的微笑。

正想得发呆时，这中世纪的甜梦忽然被现世纪的足音惊醒，一个法国向导领着一群四五十个男的女的美国人蜂拥而来了。向导操很拙劣的英语指着说："这就是著名的《孟洛里莎》。"那班肥颈项胖乳房的人们照例露出几种惊奇的面孔，说出几个处处用得着的赞美的形容词，不到三分钟又蜂拥而去了。一年四季，人们尽管川流不息的这样蜂拥而来蜂拥而去，里莎夫人却时时刻刻在那儿露出你不知道是怀善意还是怀恶意的微笑。

从观赏《孟洛里莎》的群众回想到《孟洛里莎》的作者，我登时发生一种不调和的感触，从中世纪到现世纪，这中间有多么深多么广的一条鸿沟！中世纪的旅行家一天走上二百里已算飞快，现在坐飞艇不用几十分钟就可走几百里了。中世纪的著作家要发行书籍须得请僧侣或抄胥用手抄写，一个人朝于斯夕于斯的，一年还不定能抄完一部书；现在大书坊每日可出书万卷，任何人都可以出文集诗集了。中世纪许多书籍是新奇的，连在近代，以倍根、笛卡儿那样渊博，都没有机会窥亚理斯多德的全豹，近如包慎伯到三四十岁时才有一次机会借阅《十三经注疏》。现在图书馆林立，贩夫走卒也能博通上下古今了。中世纪画《孟洛里莎》的人须自己制画具自己配颜料，作一幅画往往须三年五载才可成功；现在美术家每日可以成几幅乃至于十几幅"创作"了。中世纪人想看《孟洛里莎》须和作者或他的弟子有交谊，真能欣赏他，才能徼倖一饱眼福；现在露浮尔宫好比十字街，任人来任人去了。

这是多么深多么广的一条鸿沟！据历史家说，我们已跨过了这鸿沟，所以我们现代文化比中世纪进步得多了。话虽如此说，而我对着《孟洛里莎》和观赏《孟洛里莎》的群众，终不免有所怀疑，有所惊惜。

在这个现世纪忙碌的生活中，那里还能找出三年不窥园、十年成一赋的人？那里还能找出深通哲学的磨镜匠，或者行乞读书的苦学生？现代科学和道德信条都比从前进步了，哪里还能迷信宗教崇尚侠义？我们固然没有从前人的呆气，可是我们也没有从前人的苦心与热情了。别的不说，就是看《孟洛里莎》也只像看破烂朝报了。

科学愈进步，人类征服环境的能力也愈大。征服环境的能力愈大，的确是人生一大幸福。但是它同时也易生流弊。困难日益少，而人类也愈把事情看得太容易，做一件事不免愈轻浮粗率，而坚苦卓绝的成就也便日益稀罕。比方从纽约到巴黎还像从前乘帆船时要经许多时日，冒许多危险，美国人穿过露浮尔宫决不会像他们穿过巴黎香碎沥雪街一样匆促。我很坚决的相信，如果美国人所谓"效率"（efficiency）以外，还有其他标准可估定人生价值，现代文化至少含有若干危机的。

"效率"以外究竟还有其他估定人生价值的标准么？要回答这个问题，我们最好拿法国越姆（Reims）、亚米安（Amiens）各处几个中世纪的大教寺和纽约一座世界最高的钢铁房屋相比较。或者拿一幅湘绣和杭州织锦相比较，便易明白。如只论"效率"，杭州织锦和纽约的钢铁房屋都是一样机械的作品，较之湘绣和越姆大教寺，费力少而效率差不多，总算没有可指摘之点。但是刺湘绣的闺女和建筑中世纪大教寺的工程师在工作时，刺一针线或叠一块砖，都要费若干心血，都有若干热情在后面驱遣，他们的心眼都钉在他们的作品上，这是近代只讲"效率"的工匠们所诧为呆拙的。织锦和钢铁房屋用意只在适用，而湘绣和中世纪建筑于适用以外还要能慰情，还要能为作者力量气魄的结晶，还要能表现理想与希望。假如这几点在人生和文化上自有意义与价值，"效率"决不是唯一的估定价值的标准，尤其不是最高品的估定价值的标准。最高品估定价值的标准一定要着重人的成分（human element），遇见一种工作不仅估量它的成功如何，还有问它是否由努力得来的，是否为高尚理想与伟大人格之表现。如果它是经过努力而能表现理想与人格的工作，虽然结果失败了，我们也得承认它是有价值的。这个道理白朗宁（Browning）在 Rabbi Ben Ezva 那篇诗里说得最精透，我不会翻译，只择几段出来让你自己去玩味：

Not on the vulgar Mass

Called "Work", must Sentence pass,

Things done, that took the eye and had the

price,

O'er which, from level stand,

The low world laid its hand,

Found straight way to its mind, could value

in a trice :

But all, the world's Coarse thumb

And finger failed to thumb,

So passed in making up the main account:

All instincts immature,

All purposes unsure,

That weighed not as his work, yet swelled the man's amount :

Thoughts hardly to be packed

Into a narrow act,

Fancies that broke Through thoughts and escaped :

All I could never be

All, men ignored in me.

This I was worth to God, whose wheel the pitcher shaped.

这几段诗在我生平所给的益处最大。我记得这几句话，所以能惊赞热烈的失败，能欣赏一般人所嗤笑的呆气和空想，能景仰不计成败的坚苦卓绝的努力。

假如我的十二封信对于现代青年能发生毫末的影响，我尤其虔心默祝这封信所宣传的超"效率"的估定价值的标准能印入个个读者的心孔里去；因为我所知道的学生们、学者们和革命家们都太贪容易，太浮浅粗疏，太不能深入，太不能耐苦，太类似美国旅行家看《孟洛里莎》了。

光潜。

十二、谈人生与我

朋友：

我写了许多信，还没有郑重其事的谈到人生问题，这是一则因为这个问题实在谈滥了，一则也因为我看这个问题并不如一般人看得那样重要。在这最后一封信里我所以提出这个滥题来讨论者，并不是要说出什么一番大道理，不过把我自己平时几种对于人生的态度随便拿来做一次谈料。

我有两种看待人生的方法。在第一种方法里，我把我自己摆在前台，和世界一切人和物在一块玩把戏；在第二种方法里，我把我自己摆在后台，袖手看旁人在那儿装腔作势。

站在前台时，我把我自己看得和旁人一样，不但和旁人一样，并且和鸟兽虫鱼诸物也都一样。人类比其他物类痛苦，就因为人类把自己看得比其他物类重要。人类中有一部分人比其余的人苦痛，就因为这一部分人把自己比其余的人看得重要。比方穿衣吃饭是多么简单的事，然而在这个世界里居然成为一个极重要的问题，就因为有一部分人要亏人自肥。再比方生死，这又是多么简单的事，无量数人和无量数物都已生过来死过去了。一个小虫让车轮压死了，或者一朵鲜花让狂风吹落了，在虫和花自己都决不值得计较或留恋，而在人类则生老病死以后偏要加上一个苦字。这无非是因为人们希望造物真宰待他们自己应该比草木虫鱼特别优厚。

因为如此着想，我把自己看作草木虫鱼的侪辈，草木虫鱼在和风甘露中是那样活着，在炎暑寒冬中也还是那样活着。像庄子所说，它们"诱然皆生，而不知其所以生；同焉皆得，而不知其所以得"。它们时而戾天跃渊，欣欣向荣；时而含葩敛翅，晏然蛰处，都顺着自然所赋予的那一副本性。它们决不计较生活应该是如何，决不追究生活是为着什么，也决不埋怨上天待它们特薄，把它们供人类宰割凌虐。在它们说，生活自身就是方法，生活自身也就是目的。

从草木虫鱼的生活，我觉得一个经验。我不在生活以外别求生活方法，不在生活以外别求生活目的。世间少我一个，多我一个，或者我时而幸运，时而受灾祸侵逼，我以为这都无伤天地之和。你如果问我，人们应该如何生活才好呢？我说，就顺着自然所给的本性生活着，像草木虫鱼一样。你如果问我，人们生活在这幻变无常的世相中究竟为着什么？我说，生活就是为着生活，别无其他目的。你如果向我埋怨天公说，人生是多么苦恼呵！我说，人们并非生在这个世界来享幸福的，所以那并不算奇怪。

这并不是一种颓废的人生观。你如果说我的话带有颓废的色彩，我请你在春天到百花齐放的园子里去，看看蝴蝶飞，听听鸟儿鸣，然后再回到十字街头，仔细瞧瞧人们的面孔，你看谁是活泼，谁是颓废？请你在冬天积雪凝寒的时候，看看雪压的松树，看着站在冰上的鸥和游在水中的鱼，然后再回头看看遇苦便叫的那"万物之灵"，你以为谁比较能耐苦持恒呢？

我拿人比禽兽，有人也许目为异端邪说。其实我如果要援引"经典"，称道孔孟以辩护我的见解，也并不是难事。孔子所谓"知命"，孟子所谓"尽性"，庄子所谓"齐物"，宋儒所谓"扩然大公，物来顺应"，和希腊廊下派哲学，我都可以引申成一篇经义文，做我的护身符。然而我觉得这大可不必。我虽不把自己比旁人看得重要，我也不把自己看得比旁人分外低能，如果我的理由是理由，就不用仗先圣先贤的声威。

以上是我站在前台对于人生的态度。但是我平时很欢喜站在后台看人生。许多人把人生看作只有善恶分别的，所以他们的态度不是留恋，就是厌恶。我站在后台时把人和物也一律看待，我看西施、嫫母、秦桧、岳飞也和我看八哥、鹦鹉、甘草、黄连一样，我看匠人盖屋也和我看鸟鹊营巢、蚂蚁打洞一样，我看战争也和我看斗鸡一样，我看恋爱也和我看雄蜻蜓追雌蜻蜓一样。因此，是非善恶对我都无意义，我只觉得对着这些纷纭扰攘的人和物，好比看图画，好比看小说，件件都很有趣味。

这些有趣味的人和物之中自然也有一个分别。有些有趣味，是因为它们带有很浓厚的喜剧成分；有些有趣味，是因为它们带有很深刻的悲剧成分。

我有时看到人生的喜剧。前天遇见一个小外交官，他的上下巴都光光如也，和人说话时却常常用大拇指和食指在腮旁捻一捻，像有胡须似的。他们说道是官气，我看到这种举动比看诙谐画还更有趣味。许多年前一位同事常常很气忿的向人说："如果我是一个女子，我至少已接得一尺厚的求婚书了！"偏偏他不是女子，这已经是喜剧；何况他又麻又丑，纵然他幸而为女子，也决不会有求婚书的麻烦，而他却以此沾沾自喜，这总算得喜剧之喜剧了。这件事和英国文学家高尔司密的一段逸事一样有趣。他有一次陪几个女子在荷兰某一个桥上散步，看见桥上行人个个都注意他同行的女子，而没有一个睬他自己，便板起面孔很气忿的说："哼，在别地方也有人这样看我咧！"如此等类的事，我天天都见得着。在闲静寂寞的时候，我把这一类的小小事件从记忆中召回来，寻思玩味，觉得比抽烟饮茶还更有味。老实说，假如这个世界中没有曹雪芹所描写的刘老老，没有吴敬梓所描写的严贡生，没有莫里哀所描写的达杜夫和夏白贡，生命更不值得留恋了。我感谢刘老老、严贡生一流人物，更甚于我感谢钱塘的潮和匡庐的瀑。

其次，人生的悲剧尤其能使我惊心动魄；许多人因为人生多悲剧而悲观厌世，我却以为人生有价值正因其有悲剧。我在几年前做的《无言之美》里曾说明这个道理，现在引一段来：

　　我们所居的世界是最完美的，就因为它是最不完美的。这话表面看去，不通已极，但是实含有至理。假如世界是完美的，人类所过的生活比好一点，是神仙的生活，比坏一点，就是猪的生活——便必呆板单调已极，因为倘若件件事都尽美尽善了，自然没有希望发生，更没有努力奋斗的必要。人生最可乐的就是活动所生的感觉，就是奋斗成功而得的快慰。世界既完美，我们如何能尝创造成功的快慰？这个世界之所以美满，就在有缺陷，就在有希望的机会，有想像的田地。换句话说，世界有缺陷，可能性才大。

这个道理李石岑先生在《一般》三卷三号所发表的《缺陷论》里也说得很透辟。悲剧也就是人生一种缺陷。它好比洪涛巨浪，令人在平凡中见出庄严，在黑暗中见出光彩。假如荆轲真正刺中秦始皇，林黛玉真正嫁了贾宝玉，也不过闹个平凡收场，哪得叫千载以后的人唏嘘赞叹？以李太白那样天才，偏要和江淹戏弄笔墨，做了一篇《拟恨赋》，和《上韩荆州书》一样庸俗无味。毛声山评《琵琶记》，说他有意要做"补天石"传奇十种，把古今几件悲剧都改个快活收场，他没有实行，总算是一件幸事。人生本来要有悲剧才能算人生，你偏想把它一笔勾消，不说你勾消不去，就是勾消去了，人生反更索然寡趣。所以我无论站在前台或站在后台时，对于失败，对于罪孽，对于殃咎，都是一副冷眼看待，都是用一个热心惊赞。

朋友，我感谢你费去宝贵的时光读我的这十二封信，如果你不厌倦，将来我也许常常和你通信闲谈，现在让我暂时告别罢！

　　　　　　写过十二封信给你的朋友，光潜。

附一 无言之美

孔子有一天突然地很高兴地对他的学生说:"予欲无言。"子贡就接着问他:"子如不言,则小子何述焉?"孔子说:"天何言哉?四时行焉,百物生焉。天何言哉?"

这段赞美无言的话,本来从教育方面着想。但是要想明了无言的意蕴,宜从美术观点去研究。

言所以达意,然而意决不是完全可以言达的。因为言是固定的、有迹象的;意是瞬息万变、飘渺无踪的。言是散碎的,意是混整的;言是有限的,意是无限的。以言达意,好像用断续的虚线画实物,只能得其近似。

所谓文学,就是以言达意的一种美术。在文学作品中,语言之先的意象和情绪意旨所附丽的语言,都要尽美尽善,才能引起美感。

尽美尽善的条件很多。但是第一要不违背美术的基本原理，要"和自然逼真"（true to nature）。这句话讲得通俗一点，就是说美术作品不能说谎。不说谎包含有两种意义：一、我们所说的话，就恰是我们所想说的话。二、我们所想说的话，我们都吐肚子说出来了，毫无余蕴。

意既不可以完全达之以言，"和自然逼真"一个条件在文学上不是做不到么？或者我们问得再直截一点，假使语言文字能够完全传达情意，假使笔之于书的和存之于心的铢两悉称，丝毫不爽，这是不是文学上所应希求的一件事？

这个问题是了解文学及其他美术所必须回答的。现在我们姑且答道：文字语言固然不能全部传达情绪意旨，假使能够，也并非文学所应希求的。一切美术作品也都是这样，尽量表现，非惟不能，而也不必。

先从事实下手研究。譬如有一个荒村或任何物体，摄影家把它照一幅相，美术家把它画一幅画。这种相片和图画可以从两个观点去比较：第一，相片或图画，哪一个较"和自然逼真"？不消说得，在同一视阈以内的东西，相片都可以包罗尽致，并且体积比例和实物都两两相称，不会有丝毫错误。图画就不然。美术家对一种境遇，未表现之先，先加一番选择。选择定的材料还须经过一番理想化，把美术家的人格参加进去，然后表现出来。所表现的只是实物一部分，就连这一部分也不必和实物完全一致。所以图画决不能如相片一样"和自然逼真"。第二，我们再问，相片和图画所引起的美感哪一个浓厚，所发生的印象哪一个深刻，这也不消说，稍有美术口胃的人都觉得图画比相片美得多。

文学作品也是同样。譬如《论语》："子在川上曰：'逝者如斯夫，不舍昼夜!'"几句话决没完全描写出孔子说这番话时候的心境，而"如斯夫"三字更笼统，没有把当时的流水形容尽致。如果说详细一点，孔子也许这样说："河水滚滚地流去，日夜都是这样，没有一刻停止。世界上一切事物不都像这流水时常变化不尽么？过去的事物不就永远过去决不回头么？我看见这流水心中好不惨伤呀！……"但是纵使这样说去，还没有尽意。而比较起来，"逝者如斯夫，不舍昼夜"九个字比这段长而臭的演义就值得玩味多了！在上等文学作品中，——尤其在诗词中——这种言不尽意的例子处处都可以看见。譬如陶渊明的《时运》，"有风自南，翼彼新苗"；《读〈山海经〉》，"微雨从东来，好风与之俱"，本来没有表现出诗人的情绪，然而玩味起来，自觉有一种闲情逸致，令人心旷神怡。钱起的《省试湘灵鼓瑟》

末二句，"曲终人不见，江上数峰青"，也没有说出诗人的心绪，然而一种凄凉惜别的神情自然流露于言语之外。此外像陈子昂的《幽州台怀古》："前不见古人，后不见来者，念天地之幽幽，独怆然而涕下！"李白的《怨情》："美人卷珠帘，深坐颦蛾眉。但见泪痕湿，不知心恨谁。"虽然说明了诗人的情感，而所说出来的多么简单，所含蓄的多么深远？再就写景说，无论何种境遇，要描写得唯妙唯肖，都要费许多笔墨。但是大手笔只选择两三件事轻描淡写一下，完全境遇便呈露眼前，栩栩欲生。譬如陶渊明的《归园田居》："方宅十余亩，草屋八九间。偷柳阴后檐，桃李罗堂前。暧暧远人村，依依墟里烟。狗吠深巷中，鸡鸣桑树巅。"四十字把乡村风景描写多么真切！再如杜工部的《后出塞》："落日照大地，马鸣风萧萧。平沙列万幕，部伍各见招。中天悬明月，令严夜寂寥。悲笳数声动，壮士惨不骄。"寥寥几句话，把月夜沙场状况写得多么有声有色，然而仔细观察起来，乡村景物还有多少为陶渊明所未提及，战地情况还有多少为杜工部所未提及。从此可知文学上我们并不以尽量表现为难能可贵。

在音乐里面，我们也有这种感想，凡是唱歌奏乐，音调由洪壮急促而变到低微以至于无声的时候，我们精神上就有一种沉默渊穆和平愉快的景象。白香山在《琵琶行》里形容琵琶声音暂时停顿的情况说："冰泉冷涩弦凝绝，凝绝不通声暂歇。别有幽愁暗恨生，此时无声胜有声。"这就是形容音乐上无言之美的滋味。著名英国诗人溪兹（Keats）在《希腊花瓶歌》也说，"听得见的声调固然幽美，听不见的声调尤其幽美"（Heard melodies are sweet；but those unheard are sweeter），也是说同样道理。大概喜欢音乐的人都尝过此中滋味。

就戏剧说，无言之美更容易看出。许多作品往往在热闹场中动作快到极重要的一点时，忽然万籁俱寂，现出一种沉默神秘的景象。梅特林（Maeterlinck）的作品就是好例。譬如《青鸟》的布景，择夜阑人静的时候，使重要角色睡得很长久，就是利用无言之美的道理。梅氏并且说："口开则灵魂之门闭，口闭则灵魂之门开。"赞无言之美的话不能比此更透辟了。莎氏比亚的名著《哈姆列特》一剧开幕便描写更夫守夜的状况，德林瓦特（Drinkwater）在其《林肯》中描写林肯在南北战争军事旁午的时候跪着默祷，王尔德（O. Wilde）的《文德米夫人的扇子》里面描写文德米夫人私奔在她的情人寓所等候的状况，都在兴酣局紧，心悬悬渴望结局时，放出沉默神秘的色彩，都足以证明无言之美的。近代又有一种哑剧和静的布景，或只有动作而无言语，或连动作也没有，就将靠无言之美引人入胜了。

雕刻塑像本来是无言的，也可以拿来说明无言之美。所谓无言，不一定指不说话，是注重在含蓄不露。雕刻以静体传神，有些是流露的，有些是含蓄的。这种分别在眼睛上尤其容易看见。中国有一句谚语说，"金刚怒目，不如菩萨低眉"。所谓怒目，便是流露；所谓低眉，便是含蓄。凡看低头闭目的神像，所生的印象往往特别深刻。最有趣的就是西洋爱神的雕刻，她们男女都是瞎了眼睛。这固然根据希腊的神话，然而实在含有美术的道理，因为爱情通常都在眉目间流露，而流露爱情的眉目是最难比拟的。所以索性雕成盲目，可以耐人寻思。当初雕刻家原不必有意为此，但这些也许是人类不用意识而自然碰着的巧。

要说明雕刻上流露和含蓄的分别，希腊著名雕刻《拉阿孔》（Laocoon）是最好的例子。相传拉阿孔犯了大罪，天神用了一种极惨酷的刑法来惩罚他，遣了一条恶蛇把他和他的两个儿子在一块绞死了。在这种极刑之下，未死之前当然有一种悲伤惨感目不忍睹的一顷刻，而希腊雕刻家并不擒住这一顷刻来表现，他只把将达苦痛极点前一顷刻的神情雕刻出来，所以他所表现的悲哀是含蓄不露的。倘若是流露的，一定带了挣扎呼号的样子。这个雕刻，一眼看去，只觉得他们父子三人都有一种难言之恫；仔细看去，便可发见条条筋肉根根毛孔都暗示一种极苦痛的神情。德国蓝森（Lessing）的名著《拉阿孔》就根据这个雕刻，讨论美术上含蓄的道理。

以上是从各种艺术中信手拈来的几个实例。把这些个别的实例归纳在一起，我们可以得一个公例，就是：拿美术来表现思想和情感，与其尽量流露，不如稍有含蓄；与其吐肚子把一切都说出来，不如留一大部分让欣赏者自己去领会。因为在欣赏者的头脑里所生的印象和美感，有含蓄比较尽量流露的还要更加深刻。换句话说，说出来的越少，留着不说的越多，所引起的美感就越大越深越真切。

这个公例不过是许多事实的总结束。现在我们要进一步求出解释这个公例的理由。我们要问何以说得越少，引起的美感反而越深刻？何以无言之美有如许势力？

想答复这个问题，先要明白美术的使命。人类何以有美术的要求？这个问题本非一言可尽。现在我们姑且说，美术是帮助我们超脱现实而求安慰于理想境界的。人类的意志可向两方面发展：一是现实界，一是理想界。不过现实界有时受我们的意志支配，有时不受我们的意志支配。譬如我们想造一所房屋，这是一种意志。要达到这个意志，必费许多力气去征服现实，要开荒辟地，要造砖瓦，要架梁柱，要赚钱去请泥水匠。这些事都是人力可以办到的，都是可以用意志支配的。但是我们的意志想造一座空中阁楼。现实界凡物皆向地心下坠一条定律，就不可以用意志征服。所以意志在现实界活动，处处遇障碍，处处受限制，不能圆满地达到目的，实际上我们的意志十之八九都要受现实限制，不能自由发展。譬如谁不想有美满的家庭？谁不想住在极乐国？然而在现实界决没有所谓极乐美满的东西存在。因此我们的意志就不能不和现实发生冲突。

一般人遇到意志和现实发生冲突的时候，大半让现实征服了意志，走到悲观烦闷的路上去，以为件件事都不如人意，人生还有什么意味？所以堕落、自杀、逃空门种种的消极的解决法就乘虚而入了，不过这种消极的人生观不是解决意志和现实冲突最好的方法。因为我们人类生来不是懦弱者，而这种消极的人生观甘心让现实把意志征服了，是一种极懦弱的表示。

然则此外还有较好的解决法么？有的，就是我所谓超脱现实。我们处世有两种态度，人力所能做到的时候，我们竭力征服现实。人力莫可奈何的时候，我们就要暂时超脱现实，储蓄精力待将来再向他方面征服现实。超脱到那里去呢？超脱到理想界去。现实界处处有障碍有限制，理想界是天空任鸟飞，极空阔极自由的。现实界不可以造空中楼阁，理想界是可以造空中楼阁的。现实界没有尽美尽善，理想界是有尽美尽善的。

姑取实例来说明。我们走到小城市里去，看见街道窄狭污浊，处处都是阴沟厕所，当然感觉不快，而意志立时就要表示态度。如果意志要征服这种现实哩，我们就要把这种街道房屋一律拆毁，另造宽大的马路和清洁的房屋。但是谈何容易？物质上发生种种障碍，这一层就不一定可以做到。意志在此时如何对付呢？他说：我要超脱现实，去在理想界造成理想的街道房屋来，把它表现在图画上，表现在雕刻上，表现在诗文上。于是结果有所谓美术作品。美术家成了一件作品，自己觉得有创造的大力，当然快乐已极。旁人看见这种作品，觉得它真美丽，于是也愉快起来了，这就是所谓美感。

因此美术家的生活就是超现实的生活；美术作品就是帮助我们超脱现实到理想界去求安慰的。换句话说，我们有美术的要求，就因为现实界待遇我们太刻薄，不肯让我们的意志推行无碍，于是我们的意志就跑到理想界去求慰情的路径。美术作品之所以美，就美在它能够给我们很好的理想境界。所以我们可以说，美术作品的价值高低就看它超现实的程度大小，就看它所创造的理想世界是阔大还是窄狭。

但是美术又不是完全可以和现实界绝缘的。它所用的工具——例如雕刻用的石头，图画用的颜色，诗文用的语言——都是在现实界取来的。它所用的材料——例如人物情状悲欢离合——也是现实界的产物。所以美术可以说是以毒攻毒，利用现实的帮助以超脱现实的苦恼。上面我们说过，美术作品的价值高低要看它超脱现实的程度如何。这句话应稍加改正，我们应该说，美术作品的价值高低，就看它能否借极少量的现实界的帮助，创造极大量的理想世界出来。

在实际上说，美术作品借现实界的帮助愈少，所创造的理想世界也因而愈大。再拿相片和图画来说明。何以相片所引起的美感不如图画呢？因为相片上一形一影，件件都是真实的，而且应有尽有，发泄无遗。我们看相片，种种形影好像钉子把我们的想像力都钉死了。看到相片，好像看到二五，就只能想到一十，不能想到其他数目。换句话说，相片把事物看得忒真，没有给我们以想像余地。所以相片只能抄写现实界，不能创造理想界。图画就不然。图画家用美术眼光，加一番选择的功夫，在一个完全境遇中选择了一小部分事物，把它们又经过一番理想化，然后才表现出来。惟其留着一大部分不表现，欣赏者的想象力才有用武之地。想象作用的结果就是一个理想世界。所以图画所表现的现实世界虽极小而创造的理想世界则极大。孔子谈教育说："举一隅不以三隅反，则不复也。"相片是把四隅通举出来了，不要你劳力去"复"。图画就只举一隅，叫欣赏者加一番想象，然后"以三隅反"。

流行语中有一句说："言有尽而意无穷。"无穷之意达之以有尽之言，所以有许多意，尽在不言中。文学之所以美，不仅在有尽之言，而尤在无穷之意。推广地说，美术作品之所以美，不是只美在已表现的一小部分，尤其是美在未表现而含蓄无穷的一大部分，这就是本文所谓无言之美。

因此美术要"和自然逼真"一个信条应该这样解释："和自然逼真"是要窥出自然的精髓所在，而表现出来；不是说要把自然当作一篇印版文字，很机械地抄写下来。

这里有一个问题会发生。假使我们欣赏美术作品，要注重在未表现而含蓄着的一部分，要超"言"而求"言外意"，各个人有各个人的见解，所得的言外意不是难免殊异么？当然，美术作品之所以美，就美在有弹性，能拉得长，能缩得短。有弹性所以不呆板。同一美术作品，你去玩味有你的趣味，我去玩味有我的趣味。譬如莎氏乐府所以在艺术上占极高位置，就因为各种阶级的人在不同的环境中都欢喜读它。有弹性，所以不陈腐。同一美术作品，今天玩味有今天的趣味，明天玩味有明天的趣味。凡是经不得时代淘汰的作品都不是上乘。上乘文学作品，百读都令人不厌的。

就文学说，诗词比散文的弹性大；换句话说，诗词比散文所含的无言之美更丰富。散文是尽量流露的，愈发挥尽致，愈见其妙。诗词是要含蓄暗示，若即若离，才能引人入胜。现在一般研究文学的人都偏重散文——尤其是小说。对于诗词很疏忽。这件事实可以证明一般人文学欣赏力很薄弱。现在如果要提高文学，必先提高文学欣赏力；要提高文学欣赏力，必先在诗词方面特下功夫，把鉴赏无言之美的能力养得很敏捷。因此我很希望文学创作者在诗词方面多努力，而学校国文课程中诗歌应该占一个重要的位置。

本文论无言之美，只就美术一方面着眼。其实这个道理在伦理、哲学、教育、宗教及实际生活各方面，都不难发现。老子《道德经》开卷便说："道可道，非常道；名可名，非常名。"这就是说伦理哲学中有无言之美。儒家谈教育，大半主张潜移默化，所以拿时雨春风做比喻。佛教及其他宗教之能深入人心，也是借沉默神秘的势力。幼稚园创造者蒙特梭利利用无言之美的办法尤其有趣。在她的幼稚园里，教师每天趁儿童顽得很热闹的时候，猛然地在粉板上写一个"静"字，或奏一声琴。全体儿童于是都跑到自己的座位去，闭着眼睛蒙着头伏案做假睡的姿势，但是他们不可睡着。几分钟后，教师又用很轻微的声音，从颇远的地方呼唤各个儿童的名字。听见名字的就要立刻醒起来。这就是使儿童可以在沉默中领略无言之美。

就实际生活方面说，世间最深切的莫如男女爱情。爱情摆在肚子里面比摆在口头上来得恳切。"齐心同所愿，含意俱未伸"和"但无言语空相觑"，比较"细语温存"、"怜我怜卿"的滋味还要更加甜蜜。英国诗人勃莱克（Blake）有一首诗叫做《爱情之秘》（Love's Secret）里面说：

（一）切莫告诉你的爱情，

爱情是永远不可以告诉的，

因为她像微风一样，

不做声不做气的吹着。

（二）我曾经把我的爱情告诉而又告诉，

我把一切都披肝沥胆地告诉爱人了，

打着寒颤，耸头发地告诉，

然而她终于离我去了！

（三）她离我去了，

　　不多时一个过客来了。

　　不做声不做气地，只微叹一声，

　　便把她带去了。

　　这首短诗描写爱情上无言之美的势力，可谓透辟已极了。本来爱情完全是一种心灵的感应，其深刻处是老子所谓不可道不可名的。所以许多诗人以为"爱情"两个字本身就太滥太寻常太乏味，不能拿来写照男女间神圣深挚的情绪。

　　其实何只爱情？世间有许多奥妙，人心有许多灵悟，都非言语可以传达，一经言语道破，反如甘蔗渣滓，索然无味。这个道理还可以推到宇宙人生诸问题方面去。我们所居的世界是最完美的，就因为它是最不完美的。这话表面看去，不通已极。但是实在含有至理。假如世界是完美的，人类所过的生活——比好一点，是神仙的生活，比坏一点，就是猪的生活——便呆板单调已极，因为倘若件件都尽美尽善了，自然没有希望发生，更没有努力奋斗的必要。人生最可乐的就是活动所生的感觉，就是奋斗成功而得的快慰。世界既完美，我们如何能尝创造成功的快慰？这个世界之所以美满，就在有缺陷，就在有希望的机会，有想像的田地。换句话说，世界有缺陷，可能性（potentiality）才大。这种可能而未能的状况就是无言之美。世间有许多奥妙，要留着不说出；世间有许多理想，也应该留着不实现。因为实现以后，跟着"我知道了"的快慰便是"原来不过如是"的失望。

天上的云霞有多么美丽！风涛虫鸟的声息有多么和谐！用颜色来摹绘，用金石丝竹来比拟，任何美术家也是作践天籁，糟蹋自然！无言之美何限？让我这种拙手来写照，已是糟粕枯骸！这种罪过我要完全承认的。倘若有人骂我胡言乱道，我也只好引陶渊明的诗回答他说："此中有真味，欲辨已忘言！"

十三年仲冬脱稿于上虞白马湖畔

附二 悼夏孟刚

此稿曾载立达学园校刊，因为可以代表我对于自杀的意见，所以特载于此。

十七年二月孟实注

今晨接得慕陶和澄弟的信，知道夏孟刚已于四月十二日服衰化钾自杀了。近来常有人世凄凉之感，听了孟刚的噩耗，烦忧隐恻，益觉不能自禁。

我在吴淞中国公学时，孟刚在我所教的学生中品学最好，而我属望于他也最殷，他平时沉静寡言语，但偶有议论，语语都来自衷曲，而见解也非一般青年所能及。那时他很喜欢读托尔斯泰，他的思想，带有很深的托氏人生观的印痕。我有一个时期，也受过托尔斯泰的熏沐。我自惭性根浅薄，有些地方不能如孟刚之澈底深入；可是我们的心灵究竟有许多类似，所以一接触后，能交感共鸣。

中国公学阻于兵争以后，孟刚入浦东中学，我转徙苏浙，彼此还数相见。在这个时期，他介绍我认识了他的哥哥。他的父亲曾经在我的母校桐城中学当过教师。因此我们情感上更加一层温慰。江湾立达学园成立后，孟刚遂舍浦东来学江湾。我因亟于去国，正想寻机会同他作一次深谈，他突然间得了父病的消息，就匆匆别我返松江叶榭了。

今年一月中，他来一封信，里面有这一段话：

> 您启程赴英的时候，我在家中不能听到"我去了"三字，至以为憾。我近来觉人生太无意味；我觉得世界上很少真正的同情者，——除去母性的外，也许绝无，——我觉得我是不可再活在世上和人类接触了；而尤其使我悲伤的就是我本来可以向他发发牢骚的哥哥已于暑假中死于北京，继而我的父亲也病没了。也许我过去的生活太偏于情感，——或太偏于理智。或者我的天性如此。我知道我请您教我，是无效果的，但是我又觉着不可不领领您的教。

我读过这封信为之悒然许久。我很疑虑我所属望最殷的孟刚或者于悲怆父兄之丧外，又不幸别触尘网。青年人大半都免不掉烦闷时期。但是我相信孟刚终当自能解脱。寄了一部哥德的《梅思特游学记》给他读，希望他在这本书中能发见他所未曾见到的人生又一面。孟刚具有很强烈的感受伟大心灵之暗示的能力，我很希望他能私淑哥德抛开轻生的念头，替人类多造些光；哪里知道孟刚在写信给我的时候，就有自杀的决心，而那封信竟成绝笔！

　　孟刚自杀的近因，我不甚明了。但是就他的性格和遭际说，这次举动也不难解释。他不属于任何宗教，而宗教的情感则甚强烈。他对于世人的罪恶，感觉过于锐敏。托尔斯泰的影响本应该可以使他明了赦宥的美；可是他的性情耿介孤洁，不屑与世浮沉，只能得托氏之深的方面，未能得托氏之广的方面，其结果乃走于极端而生反动。孟刚固深于情者，慈爱的父兄既先后弃世，而友朋中能了解他心的深处者又甚寥寥。于此寥阔冷清的世界中，孟刚乃不幸又受命运之神最后的揶揄，而绝望于理想的爱。这些情境相凑合，孟刚遂悫然抛开垂暮的慈母而自杀了。

我不愿像柏拉图、叔本华一般人以伦理眼光抨击自杀。生的自由倘若受环境剥夺了，死的自由谁也不能否认的。人们在罪恶苦痛里过活，有许多只是苟且偷生，觍然不知耻。自杀是伟大意志之消极的表现。假如世界没有中国的屈原、希腊的仞诺（Zeno）、罗马的圣纳卡（Seneca）一类人的精神，其卑污顽茶，恐更不堪言状了。

人生是最繁复而诡秘的，悲字乐字都不足以概其全。愚者拙者混混沌沌地过去，反倒觉庸庸多厚福。具有湛思慧解的人总不免苦多乐少。悲观之极，总不出乎绝世绝我两路。自杀是绝世而兼绝我。但是自杀以外，绝非别无他路可走，最普通的是绝世而不绝我，这条路有两分支。一种人明知人世悲患多端而生命终归于尽，乃力图生前欢乐，以诙谐的眼光看游戏似的世事，这是以玩世为绝世的。此外也有些人既失望于人世欢乐之无常，而生老病死，头头是苦，于是遁入空门，为未来修行，这是以逃世为绝世的。苏曼殊的行迹大半还在一般人的记忆中。他是想逃世而终于止做到玩世的。玩世者与逃世者都只能绝世而不能绝我。不能绝世，便不能无赖于人。牵绊既未断尽，而人世忧患乃有时终不能不随之俱来。所以玩世与逃世，就人说，为不道德；就己说，为不澈底。衡量起来，还是自杀为直截了当。

　　自杀比较绝世而不绝我，固为澈底，然而较之绝我而不绝世，则又微有欠缺。什么叫做"绝我而不绝世"？就是流行语中所谓"舍己为群"，不过这四字用滥了，因而埋没了真义。所谓"绝我"，其精神类自杀，把涉及我的一切忧苦欢乐的观念一刀斩断。所谓"不绝世"，其目的在改造，在革命，在把现在的世界换过面孔，使罪恶苦痛，无自而生。这世界是污浊极了，苦痛我也够受了。我自己姑且不算吧，但是我自己堕入苦海了。我决不忍眼睁睁地看别人也跟我下水。我决计要努力把这个环境弄得完美些，使后我而来的人们免得再尝受我现在所尝受的苦痛，我自己不幸而为奴隶，我所以不惜粉身碎骨，努力打破这个奴隶制度，为他人争自由，这就是绝我而不绝世的态度。持这个态度最显明的要算释迦牟尼，他一身都是"以出世的精神，做入世的事业"。佛教到了末流，只能绝世而不能绝我，与释迦所走的路恰相背驰，这是释迦始料不及的。古今许多哲人、宗教家、革命家，如墨子，如耶稣，如甘地，都是从绝我出发到绝世的路上的。

　　假如孟刚也努力"以出世的精神，做入世的事业"，他应该能打破几重使他苦痛而将来又要使他人苦痛的孽障。

但是，孟刚死了，幽明永隔，这番话又向谁告诉呢！

一九二六,五月十八夜半于爱丁堡

附录三　朱光潜给朱光潜

——为《给青年的十三封信》

光潜先生：

今天接到上海的朋友寄来一部书，打开来一看，使我吃了一惊。封面上题的是"致青年"，"朱光潜著"。旁边又附注"给青年的十三封信"字样。我第一眼把大名中的"潜"字看成"潜"字。我不知道是因为幻觉还是因为虚荣，不假思索地就把你的大著误认为我自己的了，这得请你原谅。第一，"朱光潜"和"朱光潜"在字面上实在太相像了。第二，叫做"朱光潜"的我也曾写过一部小册子叫做《给青年的十二封信》，而且我的《谈美》也被书店在封面上附注过"给青年的第十三封信"字样。第二，你的大著和我的拙作的封面图案也大致相同，也是在一些直线中间嵌了一些星星。你想，这也难怪我错认，而且错认的也不只我一个人。寄大著给我看的那位朋友原先也把你看作我。他在信上说，"在书摊上来回翻这书，越看越不像你写的，所以买了来给你看"，下面他还说了一句失敬的话，我不援引罢。你看，他在书摊上"来回"翻这书，"越看"才发觉"越不像我写的"。他是知道我的人，不知道我的人们不容易发觉你的大著不是我写的，恐怕更可原谅吧？

　　光潜先生，我不认识你，但是你的面貌、言动、姿态、性格等等，为了以上所说的一点偶然的因缘，引动了我的很大的好奇心。我心里现在想像揣摩你像什么样的一个人。许多事都是不戳穿的好，所以我希望你在我心里永远保存这一点含有问题的神秘性。但是我也想把心里想说的话说给你听。不认识你而写信给你，似乎有些唐突。请你记得我是你的一个读者。如果这个资格不够，那只得怪你姓朱名光潜，而又写《给青年的十三封信》了！

　　头一层，我应该向你忏悔。我在写《给青年的十二封信》时，自己还是一个青年。那时候我的朋友夏丐尊先生办了一个给中学生看的刊物，叫做《一般》，要我写一点稿子，我就把随时感触到的随时写成书信寄给他，里面固然有些是以中学生为对象而写的，但是大部分是私人切身的感想。我从头到尾都是看着自己的心去写，绝对没有"教训"人的念头，更谈不上想到借这些处女作去出风头或是赚稿费。我根本不相信任何人可以自居"先进者"的地位去"教导"青年，而且能够把青年"教导"得好。就我自己的经验说，我在青年时代最得益的并不是师长的义正辞严的教训，而是像我一般的年青的朋友们对于他们自己的内心冲突、挣扎、怀疑、信仰所下的忠实的剖白。这种剖白引起我的同情、印证、感动和回思。我不断地受这种心灵的激动，也就不断地获到心灵的发展。从此我深深地感觉到卢梭在《爱弥儿》里说的导师和生徒的年龄应相仿佛的话，含有极大的智慧。自己是青年，才能够真正地和青年做朋友，才能彼此都觉得是一伙子的人，不论是甜的苦的，大家都可以互相契合，互相同情，这样才能彼此互相观摩激发。我现在看到自己从前写的《给青年的十二封信》，心里实在惭愧。我想每个成年人回想到他在童年时代的稚气和愚骏，都不免有些惭愧。但是我的那部小册子也正因为那一点坦坦白白地流露出来的稚气和愚骏，博得一般青年的爱好。我本来是他们中间的一个人，我的忧愁、我的喜悦也都是他们的忧愁和他们的喜悦，我"吐肚子"向他们谈心事，他们觉得和我同情同感。这对于他们有益还是有害，我和他们都不十分较量到。我对于青年的关系原来不过如此。后来那部小册子流行很广，我便以《给青年的十二封信》的作者的资格，被好些本不相识的人们认识了。到现在和新朋友们见面，还常被人用这个头衔来介绍我。他们甚至于用什么"教导青年"的字样来夸奖我。我有时为这件事不但觉得羞愧，也很觉得愤慨。我本来厌恶"教导青年"的话头，现在居然被人以"教导青年"的字样安在我的头上，这就是坦白地流露稚气和愚骏的报酬或惩罚么？

光潜先生，你不防这前车之鉴，别的不说，你就不怕"蹈覆辙"的危险么？你的大著，我因为时间匆忙，并没有从头到尾的细读，只约略地这里翻一点那里翻一点看了一看。我也稍微有一点感想。第一层，我钦佩你的坦白。你自称"少年文人"，"先进者"，"对于文学的嗜欲最少已有十年的历史"，"尝遍了多少苦痛，碰着了多少钉子"，你援引"政治部、军队里的革命青年，大半是爱好文学的"一件事例做断定"说什么献身于文学的人都是柔弱而无可为的人，尤其是荒谬极点"的"铁证"，你承认——这里我抄你一段话，以免断章取义之嫌。

我观得现在一般青年的确有些"发表狂"！……大多的青年只怪为什么登起来的文章总是那几个名人做的，自己的为什么不给登载出，他没有计及人家的作品怎样的，自己的作品又是怎样，这是现代一般爱好文学的青年的病态的心理，我深深地感到自己常有这种病态心理。还可武断地说你也未始没有这种心理的。这种心理的终点，养成功想"出风头"，"要稿费"，没有心思和勇气去探讨文学了，这是何等的危险啊！

我觉得你这番话都是对的。其次，我钦佩你的自信。你劝人说，"当我们自己的作品还未达十分健全之前，还是以不发表的为妙"。现在你发表的当然是"十分健全"了。你"认为自己只受了不大高深的教育，尚能写一二篇不十分不通的文章，根柢还是基于几个重要的转变的读书过程"。先生，你写这几句话的时候，曾经较量一番没有？你给青年的教训有许多很有趣味，最难得的是走到难关，你轻轻地就溜过去了。姑举三例如下：

青年的恋爱是需要的，但倘使是太"迫切"了，太"急"了，便要生出烦闷来，这便是自讨苦吃了。

读书要有兴趣。读书时以为这是强迫做的工作，那就糟了。兴趣是第一要事，如读最索然无味的数学哲学等等，亦要当它是有趣之事。

要想作文的人，突然文兴勃发，极要写出一点东西，但一提着笔，却又半个字都写不出，只得闷闷地坐下。……大胆的说一句，每个青年作家，当开始要作文的时候，总要尝到这种苦闷，于是作文的方法，便应了需要而风起云涌的起来了。

如此等类的口吻在大著中每篇都可以看见。你在给"芬"的信里劈头一句是：

第一封信刚刚发出，第二封信又接踵的来了。因为我知道你接到第一封信时，一定会感觉到我的说话不错。

收尾一句是：

帘外雨潺潺，春意阑珊，我很想你呢！芬。

我看到这些地方时，第一个冲动是想说一句"挖苦话"，但是我缺乏"幽默风趣"，这一点冲动立刻就被一阵"世道人心之忧"压倒了。先生在第一封"致少年文人"的信里说：

如果欲以"文学"为灿烂的头衔，或要以"文学"
去换饭吃，便成了严重的病态。

这种"严重的病态"，先生也许不得不承认，在现在中国文
坛似乎已经很流行了。怎么办呢？我本也想对于这种"严重的
病态"发一点议论，继而想起这事也非"口舌之争"所可了事，
所以把笔放下，虽然心里还有些怅惘，不能把这事轻轻地放下。

几乎和你同姓名的朋友　朱光潜。

四月三日，北平

（载 1936 年 4 月 16 日《申报》）

代跋 "再说一句话"

朋友：

薰宇兄来信说他们有意把十二封信印成单行本，我把原稿复看一遍，想起冠在目录前页的白朗宁写完《五十个男与女》时在《再说一句话》中所说的那一个名句。

拿这本小册子和《男与女》并提，还不如拿蚂蚁所负的一粒谷与骆驼所负的千斤重载并提。但是一粒谷虽比千斤重载差得远，而蚂蚁负一粒谷却也和骆驼负千斤重载，同样卖力气。所以就蚂蚁的能力说，他所负的一粒谷其价值也无殊于骆驼所负的千斤重载。假如这个比拟可以作野人献曝的借口，让我渎袭白朗宁的名句，将这本小册子奉献给你吧。

"我的心寄托在什么地方，让我的脑也就寄托在那里。"这句话对于我还另有一个意义。我们原始的祖宗们都以为思想是要用心的。"心之官则思"，所以"思"和"想"字都从"心"。西方人从前也是这样想，所以他们尝说："我的心告诉我如此如此。"据说近来心理学发达，人们思想不用心而用脑了。心只是管血液循环的。据威廉·哲姆士派心理学家说，感情就是血液循环的和内脏移迁的结果。那末，心与其说是运思的不如说是生情的。科学家之说如此。

从前有一位授我《说文解字》的姚明晖老夫子要沟通中西，说思想要用脑，中国人早就知道了。据他说，思想的"思"字上部分的篆文并不是"田"字，实在是象脑形的。他还用了许多考据，可惜我这不成器的学生早把他丢在九霄云外了。国学家之说如此。

说来也很奇怪。我写这几篇小文字时，用心理学家所谓内省方法，考究思想到底是用心还是用脑，发见思想这件东西与其说是由脑里来的，还不如说是由心里来的，较为精当（至少在我是如此）。我所要说的话，都是由体验我自己的生活，先感到（feel）而后想到（think）的。换句话说，我的理都是由我的情产生出来的，我的思想是从心出发而后再经过脑加以整理的。

这番闲话用意不在夸奖我自己"用心"思想，也不在推翻科学家思想用脑之说，尤其不在和杜亚泉先生辩"情与理"。我承认人生有若干喜剧才行，所以把这种痴人的梦想随便说出博诸君一粲。

光潜。

附　录

再谈青年与恋爱结婚

——答王毅君

《中央周刊》编辑先生：

　　承转示王毅君一文，已细读。我很感谢王毅君站在青年人的立场对于我的《谈青年与恋爱结婚》一文表示异议。我的是一个看法，他不否认；他的是一个看法，我也不否认。我无暇详辩，只提出两点作答：

　　一，王毅君似没有把原文看清楚，有断章取义之嫌。我没有权，更没有理由要"压制"青年人的爱情，我一再申明我"不反对男女青年的正常交接"，"在男女社交公开中，遇恋爱自然很可能"，我只说青年人有不适宜于性爱的理由，但我也承认现代青年所受的性生活影响很不健康，想他们不在性爱上劳心焦思是很难能。我提出两种自然的方法引导青年撇开恋爱和结婚的路，一是精力有所发挥，二是同情心得到滋养。这两层做到了，他们虽有"遇"恋爱的可能，却无"谋"恋爱的必要。我赞成"遇"，不赞成"谋"，也不赞成"压制"。

二，我也很知道，劝青年人不恋爱，有些不合时宜，不免引起他们"苦痛的迷惘"，甚至"顽皮的抗议"。但是我终于说出这一番不中听的话，也有一片苦口婆心。我觉得恋爱结婚是生物的事实，也是社会的事实，就要用生物学、社会学和连带的心理学的观点去看，不应带有浪漫或神秘的意味，而现代中国青年的恋爱观仍不免是浪漫的、神秘的；他们醉梦于十九世纪歌颂恋爱的一套理论中，而不知其已不适宜于现代生活。现代西方青年已比较地能够不从诗的幻梦而从科学的冷眼去看恋爱了。我相信这是必有的演变。中国青年迟早自然也会醒觉。醒觉到什么呢？结婚是为传种，恋爱是结婚的准备；最适宜的恋爱期是最适宜的结婚期，最适宜的结婚期是身心发育完全而能力足以教养子女的时期。恋爱结婚是一种义务而不是一种可作为娱乐的把戏。中国古时男子三十而娶，近代西方人大致也是如此，也正因为这是身心发育完全而能力足以教养子女的年龄，所以我以为三十岁左右讲恋爱，准备结婚，比较适当。

王毅君主张青年人应当恋爱的理由是"爱上一位小姐，所以在功课上特别想出风头，生活也紧张，衣冠也整齐了，行事也不随便了"。这也许是事实，但是我因而联想到原始社会的人敬神，和敬神的影响仿佛相似，甚至于敬神的心理动机也很相似。王君的恋爱观应该过去，犹如神道设教的社会应该过去是同一个道理。世间没有神，没有神仙似的人，我们应该仍然有理由，而且有方法，去做好人。

（载《中央周刊》第 5 卷第 28 期，1943 年 2 月）

谈理想的青年

——回答一位青年朋友的询问

朋友：

你问我一个青年应该悬什么样一个标准，做努力进修的根据。我觉得这问题很难笼统地回答，因为人与人在环境、资禀、兴趣各方面都不相同，我们不能定一个刻板公式来适用于每个事例。不过无论一个人将来干哪一种事业，我以为他都需要四个条件。

头一项是运动选手的体格。我把这一项摆在第一，因为它是其他各种条件的基础。我们民族对于体格向来不很注意。无论男女，大家都爱亭亭玉立、弱不禁风那样的文雅。尤其在知识阶级，黄皮刮瘦，弯腰驼背，几乎是一种公同的标帜。说一个人是"纠纠武夫"，就等于骂了他。我们都以"精神文明"自豪，只要"精神"高贵，肉体值得什么？这种错误的观念流毒了

117

许多年代，到现在我们还在受果报。我们在许多方面都不如人，原因并不在我们的智力低劣。就智力说，我们比得上世界上任何民族。我们所以不如人者，全在旁人到六七十岁还能奋发有为，而我们到了四十岁左右就逐渐衰朽；旁人可以有时间让他们的学问事业成熟，而我们往往被逼迫中途而废；旁人能作最后五分钟的奋斗，我们处处显得是虎头蛇尾。一个身体羸弱的人不能是一个快活的人，你害点小病就知道；也不能是一个心地慈祥的人，你偶尔头痛牙痛或是大便不通，旁人的言动笑貌分外显得讨厌。如果你相信身体羸弱不妨碍你做一个有道德的人，援甘地为例，那我就要问你：世间数得出几个甘地？而且甘地是否真像你们想像的那样羸弱？一切道德行为都由意志力出发。意志的"力"固然起于知识与信仰，似乎也有几分像水力电力蒸汽力，还是物质的动作发生出来的。这就是说，它和体力不是完全无关。世间意志力最薄弱的人怕要算鸦片烟鬼，你看过几个烟鬼身体壮健？你看过几个烟鬼不时常在打坏主意？意志力薄弱的人都懒，懒是万恶之源。就积极方面说，懒人没有勇气，应该奋斗时不能奋斗，遇事苟且敷衍，做不出好事来。就消极方面说，懒人一味朝抵抗力最低的路径走，经不起恶势力的引诱，惯欢喜做坏事。懒大半由于体质弱，燃料不够，所以马达不能开满。"健全精神宿于健全身体。"身体不健全而希望精神健全，那是希望奇迹。

其次是科学家的头脑。生活时时刻刻要应付环境，环境有应付的必要，就显得它有困难有问题。所以过生活就是解决环境困难所给的问题，做学问如此，做事业如此，立身处世也还是如此。一切问题的解决方法都须遵照一个原则，在紊乱的事实中找出一些条理秩序来。这些条理秩序就是产生答案的线索，好比侦探一个案件。你第一步必须搜集有关的事实，没有事实做根据，你无从破案，有事实而你不知怎样分析比较，你还是不一定能破案。会尊重事实，会搜集事实，会见出事实中间的关系，这就是科学家的本领。要得到这本领，你必须冷静、客观、虚心、谨慎，不动意气，不持成见，不因个人利害打算而歪曲真理。合理的世界才是完美的世界，世界所以有许多不合理的地方，就因为大部分人没有科学的头脑，见理不透。比如说，社会上许多贪污枉法的事，做这种事的人都有一个自私的动机，以为损害了社会，自己可以占便宜。其实社会弄得不稳定了，个人决不能享安乐。所以这种自私的人还是见理不透，没有把算盘打清楚。要社会一切合理化，要人生合理化，必须人人都明理，都能以科学的头脑去应付人生的困难。单就个人来说，一个头脑糊涂的人能在学问或事业上有伟大的成就，我是没有遇见过。

第三是宗教家的热忱。"过于聪明"的人（当然实在还是聪明不够）有时看空了一切，以为是非善恶悲喜成败反正都不过是那么一回事。让它去，干我什么？他们说："安邦治国平天下，自有周公孔圣人。"人人都希望旁人做周公孔圣人，于是安邦治国平天下就永远是一场幻梦。宗教家大半盛于社会紊乱的时代，他们看到人类罪孽痛苦，心中起极大的悲悯，于是发下志愿，要把人类从水深火热中拯救出来，虽然牺牲了自己，也在所不惜。孔子说："鸟兽不可与同群，吾非斯人之徒与而谁与？天下有道，丘不与易也。"释迦说："我不入地狱，谁入地狱？"这都是宗教家的伟大抱负。他们不但发愿，而且肯拼命去做。耶稣的生平是极好的例证，他为着要宣传他的福音，不惜抛开身家妻子，和犹太旧教搏斗，和罗马帝国搏斗，和人世所难堪的许多艰难困苦搏斗，而终之以一死，终于以一个平民的力量掉翻了天下。古往今来许多成大事业者虽不必都是宗教家，却大半有宗教家的热忱。他们见得一件事应该做，就去做，就去做到底，以坚忍卓绝的精神战胜一切困难，百折不回。我们现在所处的是一个紊乱时代，积重难返，一般人都持鱼游釜中或是鸵鸟把眼睛埋在沙里不去看猎户的态度，苟求一日之安，这时候非有一种极大的力量不能把这局面翻转过来。没有人肯出这种力量，或是能出这力量，除非他有宗教家的慈悲心肠和宗教家的舍己为人奋斗到底的决心毅力。

最后是艺术家的胸襟。自然节奏有起有伏，有张有弛，伏与弛不单是为休息，也不单是为破除单调，而是为精力的生养储蓄。科学易流于冷酷干枯，宗教易流于过分刻苦，它们都需要艺术的调剂。艺术是欣赏，在人生世相中抓住新鲜有趣的一面而流连玩索；艺术也是创造，根据而又超出现实世界，刻绘许多可能的意象世界出来，以供流连玩索。有艺术家的胸襟，才能彻底认识人生的价值，有丰富的精神生活，随处可以吸收深厚的生命力。我们一般人常困于饮食男女功名利禄的营求，心地常是昏浊，不能清明澈照；一个欲望满足了，另一个欲望又来，常是在不满足的状态中，常被不满足驱遣作无尽期的奴隶。名为一个人，实在是一个被动的机械，处处受环境支配，作不得自家的主宰。在被驱遣流转中，我们常是仓皇忙迫，尝无片刻闲暇，来凭高看一看世界，或是回头看一看自己；不消说得，世界对于我们是呆板的，自己对于我们也是空虚的。试问这种人活着有什么意味？能成就什么学问事业？所谓艺术家的胸襟就是在有限世界中做自由人的本领;有了这副本领,我们才能在急忙流转中偶尔驻足作一番静观默索,作一番反省回味,朝外可以看出世相的庄严,朝内可以看出人心的伟大。并且不仅看,我们还能创造出许多庄严的世相,伟大的人心。在创造时,我们依然是上帝,所以创造的快慰是人生最大的快慰。创造的动机是要求完美,迫令事实赶上理想;我们要把现实人生、现实世界改造得比较完美,也还是起于艺术的动机。

如果一个人具备这四大条件,他就不愧为完人了。我并不认为他是超人,因为体育选手、科学家、宗教家、艺术家,都不是神话中的人物,而是世间有血有肉的真实人物。以往有许多人争取过这些名号的。人家既然可以做得到,我就没有理由做不到。我们不能妄自菲薄,自暴自弃。

(载《青年杂志》第 1 卷第 3 期,1943 年 8 月)

民族的生命力

朋友：

　　这次世界运动会闭幕了，我想趁这个机会和你谈一个重要问题。许多人因为这次中国选手的失败而意识到国家的荣辱，也有些人在惋惜中国政府遣送选手所耗费的巨款。但是据我个人的观察，大多数人对于这次失败仍是漠不关心，并没有因此获得一种深刻的教训。这种麻木，我以为较之竞赛的失败还更可惋惜，因为心里既根本不把失败当作一回事，一蹶之后就不会有复振的希望。

　　我们所要计较的并不仅在一个运动会中的成败荣辱问题，而在喏大的中国民族在体格方面所表现的生命力竟至如此贫乏。四万万人中所选出的健儿耀武扬威地一大船载到欧洲去，结果每个人到决赛时都垂头丧气地抱着膀子作壁上观。别说跑第一第二，连跟着别人在一块儿跑的资格都没有，你说惨不惨！我们用不着埋怨选手，他们是从我们中间选送出去的，他们的无能究竟还要归咎我们自己的无能。

中国人向来偏重道德学问的修养而鄙视体格的修养。我们自以为所代表的是"精神文明"，身体是属于"物质"的，值不得去理会。我们想：人为万物之灵，就在道德学问高尚，如果拿体力做评判价值的标准，那只有向虎狼牛马拜下风。这种鄙视体格的心理并没有被近代学校教育洗除净尽。体操在学校里仍然是敷衍功令的功课。学校提倡运动用意大半仅在培养几个运动员，预备在竞赛中替学校争体面，而不在提高普遍的体格标准。一个聪明的学生只要数学或国文考第一，运动成绩的低劣不但不是一种羞耻，而且简直可以显出几分身分的高贵。学校以外，一般民众更丝毫不觉得运动有何意义。就是教育界中人，离开学生生活以后，以前所常练习的运动也就完全丢开。结果，中国十个人就有九个人像烟鬼，黄皮刮瘦，萎靡不振。每个人脱去衣服，在镜子里看看自己的身体，固然自惭形秽；就是看看邻人的面孔，也是那么憔悴，不能激起一点生气来。像这样衰弱的民族奄奄待毙之不暇，能谈到什么富强事业，更能谈到什么"精神文明"呢？

我在幼时也鄙视过学校里所谓体育。天天只埋头读书，以为在运动方面所花去的时间太可惜，有时连正当的体操功课也不去上。体操比我好的人成绩都不很高明，我心里实在有些瞧不起他们。我在考试时体操常不及格，但结果仍无伤于我的第一第二的位置，我更以为体育是无足轻重了。这十几年以来，我差不多天天受从前藐视体育所应得的惩罚。每年总要闹几次病，体重始终没有超过八十斤，年纪刚过三十，头发就白了一大半；劳作稍过度，就觉得十分困倦。我有时也很想在学问方面奋斗，但是研究一个问题或是做一篇文章，到了最紧要的关头时，就苦精力接不上来，要半途停顿。思想的工作正如打仗或赛跑，最要紧的关头往往在最后五分钟。这最后五分钟的失败往往不在缺乏坚持的努力，而在可使用的精力完全耗尽。世间固然有许多身体羸弱而在思想学问，事业各方面造就很大的人们，但是我有理由相信：如果他们身体强健，造就一定更较伟大。如果论智力，我不相信中国人天生地比外国人低下。但是中国人在学术上的造就到现在还是落后，原因固不只一种，我相信身体羸弱是最重要的一种。普通的德国人或英国人到五十至六十岁的年纪还是血气方刚，还有二十至三十年可以向学问事业方面努力锐进。但是普通的中国人到了 30 岁以后，便逐渐衰弱老朽。在旁人正是奋发有为的年纪，我们已须宣告体力的破产，作退休老死的计算。在普通的外国人，头三十年只是训练和准备的时期，后三十至四十年才谈到成就和收获；在我们中国人，刚过了训练和准备的时期，可用的精力就渐就耗竭，如何能谈到成就和收获？

体格羸弱的影响不仅在学问事业方面可以见出，对于一个人的心境脾胃以至于人生观都不免酿成了许多病态。我常分析自己，每逢性情暴躁容易为小事动气时，大半是因为身体方面有什么不舒适的地方，如头痛如脚痛之类；每逢垂头丧气，对一切事都仿佛绝望时，大半因为精力疲倦，所能供给的精力不足以应付事物的要求。在睡了一夜好觉之后，清晨爬起来，周身精神饱满，生气蓬勃，我对人就特别和善，心理就特别畅快，看一切困难都不在眼里，对于前途处处都觉得是希望。我常仔细观察我所接触的人物，发见这种体格与心境的密切关系几乎是普遍的。我没有看见一个身体真正好的人为人不和善，处世不乐观；我也没有看见一个颓丧愁闷的人在身体方面没有丝毫缺陷。中国青年多悲观厌世，暮气沉沉，我敢说大半是身体不健康的结果。

这二十年来，我常在观察中国社会而推求它的腐化的根本原因；愈观察，愈推求，我愈察觉到身体对于精神的影响之伟大。我常听到"道德学家"、"精神文明"说者把社会一切的乱象都归咎到道德的崩溃精神的破产。我也曾把这一类的老话头拿来应用到中国社会，觉得道德的崩溃究竟只是结果而不是原因。只就现象说，中国民族的一切病症都归原到一个字——懒。

懒所以因循苟且，看见应该做的事不去做，让粪堆在大路上，让坏人当权，让坏制度坏习惯存在。懒，所以爱贪小便宜，做官遇到可抓的钱就抓，想一旦成富翁，一劳永逸；做学生不肯做学问，凭自己的本领去挣地位，只图奔走逢迎，夤缘倖进。懒，所以含垢忍辱，一个堂堂男子汉不肯在正当光荣的职业中谋生活，宁愿去当汉奸，或是让妻女做娼妓，敌人打进门里来，永远学缩头乌龟。

如果我有时间，我可以把"懒"的罪状一直数下去。一切道德上的缺点都可以一言以蔽之曰"懒"。"懒"就是物理学中所讲的"惰性"。无论在物理方面或是在精神方面，惰性都起于"动力"的缺乏。就生物说，"动力"的缺乏就是"弱"。所以"懒"的根本原因还是在"弱"，在生活力的耗竭，在体格的不健全。换句话说，精神的破产毕竟是起于体格的破产。

生命是一种无底止的奋斗。一个兵士作战，一个学者探讨学术，或是一个普通公民勇于尽自己的职责，向一切众恶引诱说一个坚决的"不！"字，都要有一种奋斗的精神。奋斗的精神就是生活力的表现。中国民族在体格方面太衰弱，所以缺乏奋斗所必需的生活力，所以懒，所以学问落后，事业废弛，道德崩溃，经济破产，事事都不如人。

要真正想救中国，慢些谈学问，慢些谈政治，慢些谈道德，第一件要事，先把身体培养强健！要生活，先要储蓄生活力！如果中国民族仍不觉悟体力对于精神影响之大，以及健康运动之重要，仍然是那样黄皮刮瘦，暮气沉沉，要想中国不亡那简直是无天理！

我半生的光阴都费在书本上面，对于一般人所说的"精神文明"之尊敬与爱护，自问并不敢后于旁人，现在来大声疾呼，提倡健康运动，在旁人看来，或不免有些奇怪；其实这也并无足怪，身体羸弱的祸害与苦楚对于我是切肤之痛，所以我不能不慨乎言之。我在中国人中已迫近老朽之年了，还在起始学游泳打太极拳，这是施耐庵所骂的"用违其时"。愈觉得补救之太晚，我愈懊悔年轻时代对于体育的忽略。我希望比我幸运的——因为还未失去时机的——青年们不再蹈我这一种人的覆辙。我从自己的失败中得到一个极深刻的教训：身体好，什么事都有办法；身体不好，什么事都做不好。小而个人的成功，大而民族的复兴都要从身体健康下手。这件事也并非学校的体操或国际的运动竞赛所能促成的，我们要把健康的重要培养成为全民族的信仰。从择配优生以至于保婴防疫公众卫生等等都要很郑重地去研究和实行推广。运动也要变成全社会的娱乐，不仅求培养几个选手。这件事是中国民族图存所急不容缓的。中年以上的人们已经没有希望，只有靠青年们努力了。我敬祝全国青年从今日起，设法多做强健身体的运动，为中国民族多培养一些生命力！

（《申报周刊》第 1 卷第 34 期，1936 年 8 月）

生命

　　说起来已是二十年前事了。如今我还记得清楚，因为那是我生平中一个最深刻的印象。有一年夏天，我到苏格兰西北海滨一个叫做爱约夏的地方去游历，想趁便去拜访农民诗人彭斯的草庐。那一带地方风景仿佛像日本内海而更曲折多变化。海湾伸入群山间成为无数绿水映着青山的湖。湖和山都老是那样恬静幽闲而且带着荒凉景象，几里路中不容易碰见一个村落，处处都是山，谷，树林和草坪。走到一个湖滨，我突然看见人山人海，男的女的，老的少的，穿深蓝大红衣服的，褴褛蹒跚的，蠕蠕蠢动，闹得喧天震地：原来那是一个有名的浴场。那是星期天，人们在城市里做了六天的牛马，来此过一天快活日子。他们在炫耀他们的服装，他们的嗜好，他们的皮肉，他们的欢爱，他们的文雅与村俗。像湖水的波涛汹涌一样，他们都投在生命的狂澜里，尽情享一日的欢乐。就在这么一个场合中，一位看来像是皮鞋匠的牧师在附近草坪中竖起一个讲台向寻乐的人们布道。他也吸引了一大群人。他喧嚷，群众喧嚷，湖水也喧嚷，他的话无从听清楚，只有"天国"、"上帝"、"忏悔"、"罪孽"几个较熟的字眼偶尔可以分辨出来。那群众常是流动的，时而由湖水里爬上来看牧师，时而由牧师那里走下湖水。游泳的游泳，听道的听道，总之，都在凑热闹。

对着这场热闹，我伫立凝神一返省，心里突然起了一阵空虚寂寞的感觉，我思量到生命的问题。摆在我们面前的显然就是生命。我首先感到的是这生命太不调和。那么幽静的湖山当中有那么一大群嘈杂的人在嬉笑取乐，有如佛堂中的蚂蚁抢搬虫尸，已嫌不称；又加上两位牧师对着那些喝酒，抽烟，穿着游泳衣裸着胳膊大腿卖眼色的男男女女讲"天国"和"忏悔"，这岂不是对于生命的一个强烈的讽刺？约翰授洗者在沙漠中高呼救世主来临的消息，他的声音算是投在虚空中了。那位苏格兰牧师有什么可比约翰？他以布道为职业，于道未必有所知见，不过剽窃一些空洞的教门中语扔到头脑空洞的人们的耳里，岂不是空虚而又空虚？推而广之，这世间一切，何尝不都是如此？比如那些游泳的人们在尽情欢乐，虽是热烈，却也很盲目，大家不过是机械地受生命的动物的要求在鼓动驱遣，太阳下去了，各自回家，沙滩又恢复它的本来的清寂，有如歌残筵散。当时我感觉空虚寂寞者在此。

但是像那一大群人一样，我也欣喜赶了一场热闹，那一天算是没有虚度，于今回想，仍觉那回事很有趣。生命像在那沙滩所表现的，有图画家所谓阴阳向背，你跳进去扮演一个角色也好，站在旁边闲望也好，应该都可以叫你兴高采烈。在那一顷刻，生命在那些人们中动荡，他们领受了生命而心满意足了，谁有权去鄙视他们，甚至于怜悯他们？厌世疾俗者一半都是妄自尊大，我惭愧我有时未能免俗。

孔子看流水，发过一个最深永的感叹，他说："逝者如斯夫，不舍昼夜！"生命本来就是流动，单就"逝"的一方面来看，不免令人想到毁灭与空虚；但是这并不是有去无来，而是去的若不去，来的就不能来；生生不息，才能念念常新。莎氏比亚说生命"像一个白痴说的故事，满是声响和愤激，毫无意义"，虽是慨乎言之，却不是一句见道之语。生命是一个说故事的人，虽老是抱着那么陈腐的"母题"转，而每一顷刻中的故事却是新鲜的，自有意义的。这一顷刻中有了新鲜有意义的故事，这一顷刻中我们心满意足了，这一顷刻的生命便不能算是空虚。生命原是一顷刻接着一顷刻地实现，好在它"不舍昼夜"。算起总账来，层层实数相加，决不会等于零。人们不抓住每一顷刻在实现中的人生，而去追究过去的原因与未来的究竟，那就犹如在相加各项数目的总和之外求这笔加法的得数。追究最初因与最后果，都要走到"无穷追溯"（reductio ad infintum）。这道理哲学家们本应知道，而爱追究最初因与最后果的偏偏是些哲学家们。这不只是不谦虚，而且是不通达。一件事物实现了，它的形相在那里，它的原因和目的也就在那里。种中有果，果中也有种，离开一棵植物无所谓种与果，离开种与果也无所谓一棵植物（像我的朋友废名先生在他的《阿赖耶识论》里所说明的）。比如说一幅画，有什么原因和目的！它现出一个新鲜完美的形相，这岂不就是它的生命，它的原因，它的目的？

且再拿这幅画来比譬生命。我们过去生活正如画一幅画，当前我们所要经心的不是这幅画画成之后会有怎样一个命运，归于永恒或是归于毁灭，而是如何把它画成一幅画，有画所应有的形相与生命。不求诸抓得住的现在而求诸渺茫不可知的未来，这正如佛经所说的身怀珠玉而向他人行乞。但是事实上许多人都在未来的永恒或毁灭上打计算。波斯大帝带着百万大军西征希腊，过海勒斯朋海峡时，他站在将台看他的大军由船桥上源源不绝地渡过海峡，他忽然流涕向他的叔父说："我想到人生的短促，看这样多的大军，百年之后，没有一个人还能活着，心里突然起了阵哀悯。"他的叔父回答说："但是人生中还有更可哀的事咧，我们在世的时间虽短促，世间没有一个人，无论在这大军之内或在这大军之外，能够那样幸运，在一生中不有好几次不愿生而宁愿死。"这两人的话都各有至理，至少是能反映大多数人对于生命的观感。嫌人生短促，于是设种种方法求永恒。秦皇汉武信方士，求神仙，以及后世道家炼丹养气，都是妄想所谓"长生"。"服食求神仙，多为药所误，不如饮美酒，被服纨与素"，这本是诗人愤嫉之言，但是反话大可作正话看，也许作正话看，还有更深的意蕴。说来也奇怪，许多英雄豪杰在生命的流连上都未能免俗，我因此想到曹孟德的遗嘱：

> 吾死之后，葬于邺之西冈上，妾与妓人皆着铜雀台，台上施六尺床，下穗帐。朝晡上酒脯粻糒之属，每月朔十五，辄向帐前作伎，汝等时登台望吾西陵墓田。

他计算得真周到，可怜虫！谢朓说得好：

穗帷飘井干，樽酒若平生。

郁郁西陵树，讵闻歌吹声！

孔子毕竟是达人，他听说桓司马自为石郭，三年而不成，便说"死不如速朽之为愈也"。谈到朽与不朽问题，这话也很难说。我们固无庸计较朽与不朽，朽之中却有不朽者在。曹孟德朽了，铜雀台妓也朽了，但是他的那篇遗嘱，何逊谢朓李贺诸人的铜雀台诗，甚至于铜雀台一片瓦，于今还叫讽咏摩挲的人们欣喜赞叹。"前水复后水，古今相续流"，历史原是纳过去于现在，过去的并不完全过去。其实若就种中有果来说，未来的也并不完全未来。这现在一顷刻实在伟大到不可思议，刹那中自有终古，微尘中自有大千，而汝心中亦自有天国。这是不朽的第一义谛。

相反两极端常相交相合。人渴望长生不朽，也渴望无生速朽。我们回到波斯大帝的叔父的话："世间没有一个人在一生中不有好几次不愿生宁愿死。"痛苦到极点想死，一切自杀者可以为证，快乐到极点也还是想死，我自己就有一两次这样经验，一次是在二十余年前一个中秋前后，我乘船到上海，夜里经过焦山，那时候大月亮正照着山上的庙和树，江里的细浪像金线在轻轻地翻滚，我一个人在甲板上走，船上原是载满了人，我不觉得有一个人，我心里那时候也有那万里无云，水月澄莹的景象，于是非常喜悦，于是突然起了脱离这个世界的愿望。另外一次也是在秋天，时间是傍晚，我在北海里的白塔顶上望北平城里底楼台烟树，望到西郊的远山，望到将要下去的红烈烈的太阳，想起李白的'西风残照，汉家陵阙'那两个名句，觉得目前的境界真是苍凉而雄伟，当时我也感觉到我不应该再留在这个世界里。我自信我的精神正常，但是这两次想死的意念真来得突兀。诗人济慈在《夜莺歌》里于欣赏一个极幽美的夜景之后，也表示过同样的愿望，他说：

Now more than ever seems it rich to die.

现在死像比任何时候都较丰富。

他要趁生命最丰富的时候死，过了那良辰美景，死在一个平凡枯燥的场合里，那就死得不值得。甚至于死本身，像鸟歌和花香一样，也可成为生命中一种奢侈的享受。我两次想念到死，下意识中是否也有这种奢侈欲，我不敢断定。但是如今冷静地分析想死的心理，我敢说它和想长生的道理还是一样，都是对于生命的执着。想长生是爱着生命不肯放手，想死是怕放手轻易地让生命溜走，要死得痛快才算活得痛快，死还是为着活，为着活的时候心里一点快慰。好比贪吃的人想趁吃大鱼大肉的时候死，怕的是将来吃不到那样好的，根本还是由于他贪吃，否则将来吃不到那样好的，对于他毫不感威胁。

生命的执着属于佛家所谓"我执"，人生一切灾祸罪孽都由此起。佛家针对着人类的这个普遍的病根，倡无生，破我执，可算对症下药。但是佛家也并不曾主张灭生灭我，不曾叫人类作集体的自杀，而只叫人明白一般人所希求的和所知见的都是空幻。还不仅此，佛家在积极方面还要慈悲救世，对于生命是取护持的态度。舍身饲虎的故事显示我们为着救济他生命，须不惜牺牲己生命。我心里对此尝存一个疑惑：既证明生命空幻而还要这样护持生命是为什么呢？目前我对于佛家的了解还不够使我找出一个圆满的解答。不过我对于这生命问题倒有一个看法，这看法大体源于庄子（我不敢说它是否合于佛家的意思）。庄子尝提到生死问题，在《大宗师》篇说得尤其透辟。在这篇里他着重一个"化"字，我觉得这"化"字非常之妙。中国人称造物为"造化"，万物为"万化"。生命原就是化，就是流动与变易。

整个宇宙在化，物在化，我也在化。只是化，并非毁灭。草木虫鱼在化，它们并不因此而有所忧喜，而全体宇宙也不因此而有所损益。何以我独于我的化看成世间一件大了不起的事呢？我特别看待我的化，这便是"我执"。庄子对此有一段妙喻：

> 今大冶铸金，金踊跃曰，"我且必为莫邪"，大冶必以为不祥之金。今一犯人之形，而曰，"人耳，人耳"，夫造化者必以为不祥之人。今以天地为大炉，以造化为大冶，恶乎往而不可哉？成然寐，蘧然觉。

在这个比喻里，庄子破了"我执"，也解决了生死问题。人在造化手里，听他铸，听他"化"而已，强立物我分别，是为不祥。庄子所谓寐觉，是比喻生死。睡一觉醒过来，本不算一回事，生死何尝不如此？寐与觉为化，生与死也还是化。庄周梦为蝴蝶，则"栩栩然蝴蝶也"；"俄然觉，则蘧蘧然周也"，生而为人，死而化为鼠肝虫背，都只有听之而已。在生时这个我在大化流行中有他的妙用，死后我的化形也还是如此，庄子说：

> 浸假而化予之左臂以为鸡，予因之以求时夜；浸

假而化予之右臂以为弹，予因之以求鸮炙……

物质毕竟是不灭的，漫说精神。试想宇宙中有几许因素来化成我，我死后在宇宙中又化成几许事物，经过几许变化，发生几许影响，这是何等伟大而悠久，丰富而曲折的一个游历，一个冒险？这真是所谓"逍遥游"！

这种人生态度就是儒家所谓"赞天地之化育"，郭象所谓"随变任化"（见《大宗师》篇"相忘以生"句注），翻成近代语就是"顺从自然"。我不愿辩护这种态度是否为颓废的或消极的，懂得的人自会懂得，无庸以口舌争。近代人说要"征服自然"，道理也很正大。但是怎样征服？还不是要顺从自然的本性？严格地说，世间没有一件不自然的事，也没一件事能不自然。因为这个道理，全体宇宙才是一个整一融贯的有机体，大化运行才是一部和谐的交响曲，而 cosmos 不是 chaos。人的最聪明的办法是与自然合拍，如草木在和风丽日中开着花叶，在严霜中枯谢，如流水行云自在运行无碍，如"鱼相与忘于江湖"。人的厄运在当着自然的大交响曲"唱翻腔"，来破坏它的和谐。执我执法，贪生想死，都是"唱翻腔"。

孔子说过："朝闻道，夕死可矣"。人难能的是这"闻道"。

我们谁不自信聪明，自以为比旁人高一着？但是谁的眼睛能跳开他那"小我"的圈子而四方八面地看一看？谁的脑筋不堆着习俗所扔下来的一些垃圾？每个人都有一个密不通风的"障"包围着他。我们的"根本惑"像佛家所说的，是"无明"。我们在这世界里大半是"盲人骑瞎马"，横冲直撞，怎能不闯祸事！所以说来说去，人生最要紧的事是"明"，是"觉"，是佛家所说的"大圆镜智"。法国人说："了解一切，就是宽恕一切。"我们可以补上一句："了解一切，就是解决一切。"生命对于我们还有问题，就因为我们对它还没有了解。既没有了解生命，我们凭什么对付生命呢？于是我想到这世间纷纷扰攘的人们。

（载《文学杂志》第 2 卷第 3 期，1947 年 8 月）

谈趣味

拉丁文中有一句陈语："谈到趣味无争辩。""文章千古事，得失寸心知。"不但作者对于自己的作品是如此，就是读者对于作者恐怕也没有旁的说法。如果一个人相信地球是方的或是泰山比一切的山都高，你可以和他争辩，可以用很精确的论证去说服他，但是如果他说《花月痕》比《浮生六记》高明，或是两汉以后无文章，你心里尽管不以他为然，口里最好不说，说也无从说起。遇到"自家人"，彼此相看一眼，心领神会就行了。

这番话显然带有一些印象派批评家的牙慧。事实上我们天天谈文学，在批评谁的作品好，谁的作品坏，文学上自然也有是非好丑，你欢喜坏的作品而不欢喜好的作品，这就显得你的趣味低下，还有什么话可说？这话谁也承认，但是难问题不在此，难问题在你以为丑他以为美，或者你以为美而他以为丑时，你如何能使他相信你而不相信他自己呢？或者进一步说，你如何能相信你自己一定是对呢？你说文艺上自然有一个好丑的标准，这个标准又如何可以定出来呢？从前文学批评家们有些人以为要取决于多数。以为经过长久时间淘汰而仍巍然独存，为多数人所欣赏的作品总是好的。相信这话的人太多，我不敢公开地怀疑，但是在我们至好的朋友中，我不妨说句良心话：我们至多能活到一百岁，到什么时候才能知道 Marcel Proust 或 D. H. Lawrance 值不值得读一读呢？从前批评家们也有人，例如阿诺德，以为最稳当的办法是拿古典名著做"试金石"，遇到新作品时，把它拿来在这块"试金石"上面擦一擦，硬度如果相仿佛，它一定是好的；如果擦了要脱皮，你就不用去理会它。但是这种办法究竟是把问题推远而并没有解决它，文学作品究竟不是石头，两篇相擦时，谁看见哪一篇"脱皮"呢？

"天下之口有同嗜"，——但是也有例外。文学批评之难就难在此。如果依正统派，我们便要抹煞例外；如果依印象派，我们便要抹煞"天下之口有同嗜"。关于文学的嗜好，"例外"也并不可一笔勾销。在 Keats 未死以前，嗜好他的诗的人是例外，在印象主义闹得很轰烈时，真正嗜好 Malarme 的诗人还是例外，我相信现在真正欢喜 T. S. Eliot 的人恐怕也得列在例外。这些"例外"的人常自居 élite 之列，而实际上他们也往往真是 élite。所谓"经过长久时间淘汰而仍巍然独存的"作品往往是先由这班"例外"的先生们捧出来的。

在正统派看，"天下之口有同嗜"一个公式之不可抹煞当更甚于"例外"之不可抹煞。他们总得喊要"标准"，喊要"普遍性"。他们自然也有正当道理。反正这场官司打不清，各个时代都有喊要标准的人，同时也都有信任主观嗜好的人。他们各有各的功劳，大家正用不着彼此瞧不起彼此。

文艺不一定只有一条路可走。东边的景致只有面朝东走的人可以看见，西边的景致也只有面朝西走的人可以看见。向东走者听到向西走者称赞西边景致时觉其夸张，同时怜惜他没有看到东边景致美。向西走者看待向东走者也是如此。这都是常有的事，我们不必大惊小怪。理想的游览风景者是向东边走过之后能再回头向西走一走，把东西两边的风味都领略到。这种人才配估定东西两边的优劣。也许他以为日落的景致和日出的景致各有胜境，根本不同，用不着去强分优劣。

一个人不能同时走两条路，出发时只有一条路可走。从事文艺的人入手不能不偏，不能不依傍门户，不能不先培养一种偏狭的趣味。初喝酒的人对于白酒红酒种种酒都同样地爱喝，他一定不识酒味。到了识酒味时他的嗜好一定偏狭，非是某一家某一年的酒不能使他喝得畅快。学文艺也是如此，没有尝过某一种 clique 的训练和滋味的人总不免有些江湖气。我不知道会喝酒的人是否可以从非某一家某一年的酒不喝，进到只要是好酒都可以识出味道；但是我相信学文艺者应该能从非某家某派诗不读，做到只要是好诗都可以领略到滋味的地步。这就是说，学文艺的人入手虽不能不偏，后来却要能不偏，能凭空俯视一切门户派别，看出偏的弊病。

文学本来一国有一国的特殊的趣味，一时有一时的特殊的风尚。就西方诗说，拉丁民族的诗有为日耳曼民族所不能欣赏的境界，日耳曼民族的诗也有为非拉丁民族所能欣赏的境界。寝馈于古典派作品既久者对于浪漫派作品往往格格不入；寝馈于象征派既久者亦觉其他作品都索然无味。中国诗的风尚也是随时代变迁。汉魏六朝唐宋各有各的派别，各有各的信徒。明人尊唐，清人尊宋，好高古者祖汉魏，喜妍艳者推重六朝和西崑。门户之见也往往很严。

但是门户之见可以范围初学而不足以羁縻大雅。读诗较广泛者常觉得自己的趣味时时在变迁中，久而久之，有如江湖游客，寻幽览胜，风雨晦明，川原海岳，各有妙境，吾人正不必以此所长，量彼所短，各派都有长短，取长弃短，才无偏蔽。古今的优劣实在不易下定评，古有古的趣味，今也有今的趣味。后人做不到"蒹葭苍苍"和"涉江采芙蓉"诸诗的境界，古人也做不到"空梁落燕泥"和"山山尽落晖"诸诗的境界。浑朴精妍原来是两种不同的趣味，我们不必强其同。

文艺上一时的风尚向来是靠不住的。在法国十七世纪新古典主义盛行时，十六世纪的诗被人指摘，体无完肤，到浪漫时代大家又觉得"七星派诗人"亦自有独到境界。在英国浪漫主义盛行时，学者都鄙视十七十八世纪的诗；现在浪漫的潮流平息了，大家又觉得从前被人鄙视的作品，亦自有不可磨灭处。个人的趣味演进亦往往如此。涉猎愈广博，偏见愈减少，趣味亦愈纯正。从浪漫派脱胎者到能见出古典派的妙处时，专在唐宋做工夫者到能欣赏六朝人作品时，笃好苏辛词者到能领略温李的情韵时，才算打通了诗的一关。好浪漫派而止于浪漫派者，或是好苏辛而止于苏辛者，终不免坐井观天，诬大渺小。

趣味无可争辩，但是可以修养。文艺批评不可抹视主观的私人的趣味，但是始终拘执一家之言者的趣味不足为凭。文艺自有是非标准，但是这个标准不是古典，不是"耐久"和"普及"[1]，而是从极偏走到极不偏，能凭空俯视一切门户派别者的趣味；换句话说，文艺标准是修养出来的纯正的趣味。

---

[1] "耐久"不是可靠的标准，Richards 说得很透辟，参看 Principles of Criticism Chapter XXIX。如果读者愿看一段诙谐的文章，可以翻阅 Voltaire 的 Canide Chap，XXX，Procurante 谈荷马、维吉尔和弥尔顿一般"耐久"作者的话，都是我们心里所想说的，不过我们怕人讥笑，或是要自居能欣赏一般人所公认的伟大作品，不敢或不肯把老实话说出罢了。

谈谦虚

　　说来说去，做人只有两桩难事，一是如何对付他人，一是如何对付自己。这归根还只是一件事，最难的事还是对付自己，因为知道如何对付自己，也就知道如何对付他人，处世还是立身的一端。

　　自己不易对付，因为对付自己的道理有一个模棱性，从一方面看，一个人不可无自尊心，不可无我，不可无人格。从另一方面看，他不可有妄自尊大心，不可执我，不可任私心成见支配。总之，他自视不宜太小，却又不宜太大，难处就在调剂安排，恰到好处。

　　自己不易对付，因为不容易认识，正如有力不能自举，有目不能自视。当局者迷，旁观者清。我们对于自己是天生成的当局者而不是旁观者，我们自囿于"我"的小圈子，不能跳开

"我"来看世界，来看"我"，没有透视所必需的距离，不能取正确观照所必需的冷静的客观态度，也就生成地要执迷，认不清自己，只任私心、成见、虚荣、幻觉种种势力支配，把自己的真实面目弄得完全颠倒错乱。我们像蚕一样，作茧自缚，而这茧就是自己对于自己所错认出来的幻相。真正有自知之明的人实在不多见。"知人则哲"，自知或许是哲以上的事。"知道你自己"一句古训所以被称为希腊人最高智慧的结晶。

"知道你自己"，谈何容易！在日常自我估计中，道理总是自己的对，文章总是自己的好，品格也总是自己的高，小的优点放得特别大，大的弱点缩得特别小。人常"阿其所好"，而所好者就莫过于自己。自视高，旁人如果看得没有那么高，我们的自尊心就遭受了大打击，心中就结下深仇大恨。这种毛病在旁人，我们就马上看出；在自己，我们就熟视无睹。

希腊神话中有一个故事。一位美少年纳西司（Narcissus）自己羡慕自己的美，常伏在井栏上俯看水里自己的影子，愈看愈爱，就跳下去拥抱那影子，因此就落到井里淹死了。这寓言的意义很深永。我们都有几分"纳西司病"，常因爱看自己的影子堕入深井而不自知。照镜子本来是好事，我们对于不自知的人常加劝告："你去照照镜子看！"可是这种忠告是不聪明的，他看来看去，还是他自己的影子，像纳西司一样，他愈看愈自鸣得意，他的真正面目对于他自己也就愈模糊，他的最好的镜子是世界，是和他同类的人。他认清了世界，认清了人性，自然也就会认清自己，自知之明需要很深厚的学识经验。

德尔斐神谕宣示希腊说：苏格拉底是他们中间最大的哲人，而苏格拉底自己的解释是：他本来和旁人一样无知，旁人强不知以为知，他却明白自己的确无知，他比旁人高一着，就全在这一点。苏格拉底的话老是这样浅近而深刻，诙谐而严肃。他并非说客套的谦虚话，他真正了解人类知识的限度。"明白自己无知"是比得上苏格拉底的那样哲人才能达到的成就。有了这个认识，他不但认清了自己，多少也认清了宇宙。孔子也仿佛有这种认识。他说："吾有知乎哉，无知也。"他告诉门人："知之为知之，不知为不知，是知也。"所谓"不知之知"正是认识自己所看到的小天地之外还有无边世界。

这种认识就是真正的谦虚。谦虚并非故意自贬声价，作客套应酬，像虚伪者所常表现的假面孔，它是起于自知之明，知道自己所已知的比起世间所可知的非常渺小，未知世界随着已知世界扩大，愈前走发现天边愈远。他发现宇宙的无边无底，对之不能不起崇高雄伟之感，返观自己渺小，就不能不起谦虚之感。谦虚必起于自我渺小的意识，谦虚者的心目中必有一种为自己所不知不能的高不可攀的东西，老是要抬着头去望它。这东西可以是全体宇宙，可以是圣贤豪杰，也可以是一个崇高的理想。一个人必须见地高远，"知道天高地厚"才能真正地谦虚；不知道天高地厚的人就老是觉得自己伟大，海若未曾望洋，就以为"天下之美尽在己"。谦虚有它消极方面，就是自我渺小的意识；也有它积极方面，就是高远的瞻瞩与恢阔的胸襟。

看浅一点，谦虚是一种处世哲学。"人道恶盈而喜谦"，人本来没有可盈的时候，自以为盈，就无法再有所容纳，有所进益。谦虚是知不足，"知不足然后能自强"。一切自然节奏都是一起一伏。引弓欲张先弛，升高欲跳先蹲，谦虚是进取向上的准备。老子譬道，常用谷和水。"谷神不死"、"旷兮其若谷"、"上善若水"、"天下莫柔弱于水而攻坚强者莫之能胜"。谷虚所以有容，水柔所以不毁。人的谦虚可以说是取法于谷和水，它的外表虽是空旷柔弱，而它的内在的力量却极刚健。大易的谦卦六爻皆吉。作易的人最深知谦的力量，所以说，"谦尊而光，卑而不可逾"。道家与儒家在这一点认识上是完全相同的。这道理好比打太极拳，极力求绵软柔缓，可是"四两拨千斤"，极强悍的力士在这轻推慢挽之前可以望风披靡。古希腊的悲剧作者大半是了解这个道理的，悲剧中的主角往往以极端的倔强态度和不可以倔强胜的自然力量（希腊人所谓神的力量）搏斗，到收场时一律被摧毁，悲剧的作者拿这些教训在观众心中引起所谓"退让"（resignation）情绪，使人恍然大悟，在自然大力之前，人是非常渺小的，人应该降下他的骄傲心，顺从或接收不可抵制的自然安排。这思想在后来耶稣教中也很占势力。近代科学主张"以顺从自然去征服自然"，道理也是如此。

　　看深一点，谦虚是一种宗教情绪。这道理在上文所说的希腊悲剧中已约略可见。宗教都有一个被崇拜的崇高的对象，我们向外所呈献给被崇拜的对象是虔敬，向内所对待自己的是谦虚。虔敬和谦虚是宗教情绪的两方面，内外相应相成。这种情绪和美感经验中的"崇高意识"（sense of the sublime）以及一般人的英雄崇拜心理是相同的。我们突然间发现对象无限伟大，无形中自觉此身渺小，于是栗然生畏，肃然起敬；但是惊心动魄之余，就继以心领神会，物我交融，不知不觉中把自己也提升到那同样伟大的境界。对自然界的壮观如此，对伟大的英雄如此，对理想中所悬的全知全能的神或尽善尽美的境界也是如此。在这种心境中，我们同时感到自我的渺小和人性的尊严，自卑和自尊打成一片。

我们姑拿两首人人皆知的诗来说明这个道理。一是陈子昂的"前不见古人，后不见来者，念天地之悠悠，独怆然而涕下"，一是杜甫的，"侧身天地常怀古，独立苍茫自咏诗"。我们试玩味两诗所表现的心境。在这种际会，作者还是觉得上天下地，唯我独尊，因而踌躇满志呢，还是四顾茫茫，发现此身渺小而恍然若有所失呢？这两种心境在表面上是相反的，而在实际上却并行不悖，形成哲学家们所说的"相反者之同一"。在这种际会，骄傲和谦虚都失去了它们的寻常意义，我们骄傲到超出骄傲，谦虚到泯没谦虚。我们对庄严的世相呈献虔敬，对蕴藏人性的"我"也呈献虔敬。

有这种情绪的人才能了解宗教，释迦和耶稣都富于这种情绪，他们极端自尊也极端谦虚。他们知道自尊必从谦虚做起，所以立教特重谦虚。佛家的大戒是"我执"、"我谩"。佛家的哲学精义在"破我执"。佛徒在最初时期都须以行乞维持生活，所以叫做"比丘"。行乞是最好的谦虚训练。耶稣常溷身下层阶级，一再告诫门徒说："凡自己谦卑像这小孩的，他在天国里就是最大的"，"你们中间谁为大，谁就要做你们的用人，自高的必降为卑，自卑的必升为高"。这教训在中世纪发生影响极大，许多僧侣都操贱役，过极刻苦的生活，去实现谦卑（humiliation）的理想，圣佛兰西斯是一个很美的例证。

耶佛和其他宗教都有膜拜的典礼，它的意义深可玩味。在只是虚文时，它似很可鄙笑；在出于至诚时，它却是虔敬和谦虚的表现，人类可敬的动作就莫过于此。人难得弯下这个腰干，屈下这双膝盖，低下这颗骄傲的心，在真正可尊敬者的面前"五体投地"。有一次我去一个法会听经，看见皈依的信士们进来时恭恭敬敬地磕一个头，出去时又恭恭敬敬地磕一个头。我很受感动，也觉得有些尴尬。我所深感惭愧的倒不是人家都磕头而我不磕头，而是我的衷心从来没有感觉到有磕头的需要。我虽是愚昧，却明白这足见性分的浅薄。我或是没有脱离"无明"，没有发现一种东西叫我敬仰到须向它膜拜的程度；或是没有脱离"我谩"，虽然发现了可膜拜者而仍以膜拜为耻辱。

"我谩"就是骄傲，骄傲是自尊情操的误用。人不可没有自尊情操，有自尊情操才能知耻，才能有所谓荣誉意识（sense of honour），才能有所为有所不为，也才能发奋向上。孔子说"知耻近乎勇"，和《学记》的"知不足然后能自强"，《易经》的"谦尊而光，卑而不可逾"两句名言意义骨子里相同。近代心理学家阿德勒（Adler）把这个道理发挥得最透辟。依他看，我们有自尊心，不甘居下流，所以发现了自己的缺陷，就引以为耻，在心理形成所谓"卑劣结"（inferiority complex），同时激起所谓"男性的抗议"（masculine protest），要努力弥补缺陷，消除卑劣，来显出自己的尊严。努力的结果往往不但弥补缺陷，而且所达到的成就反比本来没有缺陷的更优越。希腊的德摩斯梯尼本来口吃，不甘心受这缺陷的限制，发愤练习演说，于是成为最大的演说家。中国孙子因膑足而成兵法，左丘明因失明而成《国语》，司马迁因受宫刑而作《史记》，道理也是如此。阿德勒所谓"卑劣结"其实就是谦虚、"知耻"或"知不足"；他的"男性抗议"就是"自强"、"近乎勇"或"卑而不可逾"。从这个解释，我们也可以看出谦虚与自尊心不但并不相反，而且是息息相通。真正有自尊心者才能谦虚，也才能发奋为雄。"尧，人也，舜，人也，有为者亦若是"，在作这种打算时，我们一方面自觉不如尧舜，那就是谦虚，一方面自觉应该如尧舜，那就是自尊。

骄傲是自尊情操的误用，是虚荣心得到廉价的满足。虚荣心和幻觉相连，有自尊而无自知。它本来起于社会本能——要见好于人；同时也带有反社会的倾向，要把人压倒，它的动机在好胜而不在向上，在显出自己的荣耀而不在理想的追寻。虚荣加上幻觉，于是在人我比较中，我们比得胜固然自骄其胜，比不胜也仿佛自以为胜，或是丢开定下来的标准，另寻自己的胜处。我们常暗地盘算：你比我能干，可是我比你有学问；你干的那一行容易，地位低，不重要，我干的才是真正了不起的事业；你的成就固然不差，可是如果我有你的地位和机会，我的成就一定比你更好。总之，我们常把眼睛瞟着四周的人，心里作一个结论："我比你强一点！"于是伸起大拇指，洋洋自得，并且期望旁人都甘拜下风，这就是骄傲。人之骄傲，谁不如我？我以压倒你为快，你也以压倒我为快。无论谁压倒谁，妒忌、忿恨、争斗以及它们所附带的损害和苦恼都在所不免。人与人，集团与集团，国家与国家，中间许多灾祸都是这样酿成的。"礼至而民不争"，礼之端就是辞让，也就是谦虚。

欢喜比照人己而求己比人强的人大半心地窄狭，谩世傲物的人要归到这一类。他们昂头俯视一切，视一切为"卑卑不足道"，"望望然去之"。阮籍能为青白眼，古今传为美谈。这种谩世傲物的态度在中国向来颇受人重视。从庄子的"让王"类寓言起，经过魏晋清谈，以至后世对于狂士和隐士的崇拜，都可以表现这种态度的普遍。这仍是骄傲在作祟。在清高的烟幕之下藏着一种颇不光明的动机。"人都醒酲，只有我干净"（所谓"世人皆浊我独清"），他们在这种自信或幻觉中酖醉而陶然自乐。熟看《世说新语》，我始而羡慕魏晋人的高标逸致，继而起一种

155

强烈的反感，觉得那一批人毕竟未闻大道，整天在臧否人物，自鸣得意，心地毕竟局促。他们忘物而未能忘我，正因其未忘我而终亦未能忘物，态度毕竟是矛盾。魏晋人自有他们的苦闷，原因也就在此。"人都龌龊，只有我干净。"这看法或许是幻觉，或许是真理。如果它是幻觉，那是妄自尊大；如果它是真理，就引以为自豪，也毕竟是小气。孔子、释迦、耶稣诸人未尝没有这种看法，可是他们的心理反应不是骄傲而是怜悯，不是遗弃而是援救。长沮桀溺说："滔滔者天下皆是，而谁以易之。"孔子说："鸟兽不可与同群，吾非斯人之徒与而谁与？"这是漫世傲物者与悲天悯人者在对人对己的态度上的基本分别。

人生本来有许多矛盾的现象，自视愈大者胸襟愈小，自视愈小者胸襟愈大。这种矛盾起于对于人生理想所悬的标准高低。标准悬得愈低，愈易自满，标准悬得愈高，愈自觉不足。虚荣者只求胜过人，并不管所拿来和自己比较的人是否值得做比较的标准。只要自己显得是长子，就在矮人国中也无妨。孟子谈交友的对象，分出"一乡之善士"、"一国之善士"、"天下之善士"、"古之人"四个层次。我们衡量人我也要由"一乡之善士"扩充到"古之人"。大概性格愈高贵，胸襟愈恢阔，用来衡量人我的尺度也就愈大，而自己也就显得愈渺小。一个人应该有自己渺小的意识，不仅是当着古往今来的圣贤豪杰的面前，尤其是当着自然的伟大、人性的尊严和时空的无限。你要拿人比自己，且抛开张三李四，比一比孔子、释迦、耶稣、屈原、杜甫、米开朗琪罗、贝多芬或是爱迪生！且抛开你的同类，比一比太平洋、大雪山、诸行星的演变和运行，或是人类知识以外的那一个茫茫宇宙！在这种比较之后，你如果不为伟大崇高之感所撼动而俯首下心，肃然起敬，你就没有人性中最高贵的成分。你如果不盲目，看得见世界的博大，也看得见世界的精微，你想一想，世间哪里有临到你可凭以骄傲的？

在见道者的高瞻远瞩中，"我"可以缩到无限小，也可以放到无限大。在把"我"放到无限大时，他们见出人性的尊严；在把"我"缩到无限小时，他们见出人性在自己小我身上所实现的非常渺小。这两种认识合起来才形成真正的谦虚。佛家法相一宗把叫做"我"的肉体分析为"扶根尘"，和龟毛兔角同为虚幻，把"我"的通常知见都看成幻觉，和镜花水月同无实在性。这可算把自我看成极渺小。可是他们同时也把宇宙一切，自大地山河以至玄理妙义，都统摄于圆湛不生灭妙明真心，万法唯心所造，而此心却为我所固有，所以"明心见性"，"即心即佛"。这就无异于说，真正可以叫做"我"的那种"真如自性"还是在我，宇宙一切都由它生发出来，"我"就无异于创世主。这对于人性却又看得何等尊严！不但宗教家，哲学家像柏拉图、康德诸人大抵也还是如此看法。我们先秦儒家的看法也不谋而合。儒本有"柔懦"的意义，儒家一方面继承"一命而偻，再命而伛，三命而俯，循墙而走"那种传统的谦虚恭谨，一方面也把"我"看成"与天地合德"。他们说："返身而诚，万物皆备于我矣"，"能尽人之性，则能尽物之性；能尽物之性，则可以赞天地之化育，与天地参矣"。他们拿来放在自己肩膀上的责任是"为天地立心，为生民立命，为往圣继绝学，为万世开太平"。这种"顶天立地，继往开来"的自觉是何等尊严！

意识到人性的尊严而自尊，意识到自我的渺小而自谦，自尊与自谦合一，于是法天行健，自强不息，这就是《易经》所说的"谦尊而光，卑而不可逾。"

（载《当代文艺》第 1 卷第 2 期，1944 年 2 月）

学业·职业·事业

　　每个有志气的人，在他的生平都不免为三件事操心。在学校时代，他关心学业；离开学校，他关心职业；有了职业，他关心事业。这自然只是一种粗略的分期，也有许多人始终就专在学业、职业或事业上打计算。总之，这三个名词的意义对于一般人大半不成为问题，不过从逻辑的眼光来分析，我们不能说它是三件互不相同的事。它们的关系还须待确定。

　　先说"业"。《说文》所定的这个字的原始意义是钟架上一块木板，与我们所谈的没有多大关系。就"业"字所常用在的语句看（如"进德修业"，"业精于勤"，"以农为业"，"成大业"，"创业守成"等等），我们可以看出两点：第一是学业、职业和事业都可以叫做业，第二是这个"业"字含有相当指流行语"工作"一词的意义。佛典常用"业"字，和"行"字同义，凡人为造作通可叫作"业"，例如思想、言语、行为，都可是一种"业"，"业"简直就相当于流行语的活动。我们可以说，"业"是人运用他的力量做一种工作或活动；所进行的工作或活动叫做"业"，工作或活动所成就的结果也可以叫做"业"。

依这种解释看，学业就是学问的工作或活动，职业就是职分所在的工作或活动。工作或活动就是"事"，所以"事业"是只有一个意义的复词，学问是一种事业，职业也还是一种事业。如果事业还另有特殊意义，那就只能指工作或活动的成就。依这种意义说，在职业上可以成就事业，在学问上也还可以成就事业。总上两义，学业与事业，职业与事业，在逻辑上都不应分开；我们至多只能说"事业"比"学业"或"职业"涵义较广泛，不过这也还有问题。

问题在学业与职业是否绝对为两回事。一般人说"职业"，似带有一种误解，以为职业是衣食工具，"谋职业"就等于"谋生活"，也就等于"谋衣食"，这里"职业"和"生活"两个词的意义都同样窄狭化得很离奇可笑。在这种用字的习惯上，我们可以见出一般人的生活理想的低落。顾名思义，"职业"显然是职分以内的事业。所谓"职分"是起于社会的分工合作的需要。社会上有许多事要做，一个人不能同时做许多事，于是这个人种田，那一个人经商，另一个人做工匠，如此分工，每个人有一个"职分"，都能各尽"职分"帮助社会大机器的轮子旋转，以一分工作的效益，换取同群许多分工作的效益，"吾尽所能，各取所需"，于是人与社会两得其便。每个人有一个"职分"，对于那"职分"就负有责任，须把那"职分"以内的事做好。对于"职分"不尽责就是不称职。职与责是不能分开的。

回到原来的问题，学业与职业是否绝对为两回事呢？从两个观点看，它们也不应分开。

第一，从狭义的学业说，学业是某一种专门学术的研究。专门的学术研究需要长久的集中的力量。一个人既研究一种专门学术，他就没有时间精力去干别的事。社会需要学术的进展，就需有一部分人以研究学术为"职业"。做学问是学者的职分以内的事，正如种田是农人的职分以内的事，他们的成就都于社会有益，他们都负有责任在自家职分以内求有成就。照这样看，学业还是可以当作一种职业。

其次，就广义的学业说，学业是每一种职业必有的准备。一切工作（尤其是在近代社会分工很严密的工作）都需要学习，每一行都有一套专门学问，所以你如果想把某一种职分以内的事做好，你就必须先把它学好。不但如此，工作本身也就是学习。有些人以为在学校里学得一种学问，学业便可告结束，以后入社会就职业，只需拿这一套法宝作无尽期的应用。这不但是误解学业，也是误解职业。最亲切最实在的学问大半不是从书本得来，而是从实地亲身经验得来的。古人所谓"到处留心皆学问"，就是有见于此。同时，到处留心学问的人可以说"学"与"事"相得益彰，不至犯不学无术的毛病，在职业上才能成就真正的事业。一辈子拘受一部讲义的人绝不是一个好教员，一辈子拘守一部步兵操典的人决不是一个好战士，余可类推。所以要想把一种职业做好，必须把职业当作学业看。

依以上的分析，学业、职业和事业应该是三位一体。学业或职业如果不能成为事业，那就空洞无成就。学业和职业如果不能打成一片，学业就只是私人的嗜好，不能成为社会中的一种职分，对社会没有效益；职业也就降为与学问脱节的盲目的衣食营求，干燥无味。

职业与学业一贯，然后所学即所用，所用即所学，人得其事，事得其人，不过这只是理想，事实上一个人的职业往往和他的学业不很相关。这是由于有些学业不能为谋生之具，一个人一方面要忠于一种没有经济价值的学问，一方面又要维持生计，于是不得不就一种与自家专门学问无关的职业。

最显著的例是大哲学家斯宾诺莎，他为着要保持学术思想的自由，拒绝当大学教授，宁愿操磨镜片的职业，借以营生。英国文学家兰姆写得那样一笔奇特而隽永的散文，而他的终身职业只是一个公司的书记。波兰小说家康拉德在商船上当过多年的水手。英国诗人蒙罗在伦敦一条小街上经营一个小书店。这种实例在西方很多。这种办法颇有它的长处。不靠所研究的学业来谋生，可以保持学业的独立自由；同时，在本行以外就一种职业，也可以扩大眼界，增加生活经验。在目前中国，一般人囿于浅狭的功利主义，都争去学可以赚钱的学问，而文哲数理一类虽是冷门而却极重要的学问很少有人问津，这对于文化学术的全局是一个危险的现象。有志于纯粹学术的人们最好拿斯宾诺莎、兰姆诸人做榜样，一方面埋头做自己的学问，一方面操一种副业，使生计有着落。这种办法的存在，当然显示社会组织有毛病，不在社会组织未完善以前我们只有这个办法可采用。将来社会合理化时，我们希望每一项学术工作者都不感受生活的压迫，每一种学业同时就是一种职业。

在另外一种情形之下，学业与职业也不完全相称，这就是通才就专职。政府行政工作本来也还是一种职业，可是一直到现在，各国还很少在学校里设专门学科去训练议员部长以及其他公务员。在从前中国，政府大小职位，上自宰相，下至县丞，大半依科举履历任命，由科举进身者所读的书大半不外经史诗文，而做的职务却可以彼此相差很远。一榜及第的人有典钱谷的，有主试的，有带兵的，有典刑狱的，有掌漕运的。职务和学问似没有显著的关系。这种情形在目前似还没有经过很大的变更，在英国情形也很类似。一个人在牛津或剑桥毕业了，就可以参加文官考试，及格了，无论所学的是什么，可以被派到任何官厅去服务。如果他想做大一点的官，他可以运动入国会，只要有本领，就不愁没有阁员当。所谓本领也并非专门学术。比如现在首相丘吉尔，做过好久的海军大臣，却没有学过海军，他本来是文人，当过新闻记者。专才学一行才能做一行，通才无须学那一行才能做那一行。医工农商等等需要专才，而社会领导工作则需要通才。近代教育似正在徘徊于两种理想之间，一是"职业教育"的理想，一是"自由教育"的理想，学业须包含品格、学识各方面的普遍修养，不能窄狭化到学徒训练。依我个人想，自由教育对于社会领导工作实在比职业教育重要，不过这两种理想也并非绝对不能相容，专门的技术训练和普通的品格学识修养最好是并行不悖。

择学择业对于一个人是一个极重的问题。首先要考虑的是个人的资禀与兴趣。我曾观察过许多人所学的和所做的全与他们性不相近。有些学文艺的人对于人生世相看不出丝毫情趣，遇事称斤称两，谈吐干燥无味，他们理应学商业或是法律。有些工程师根本没有科学的头脑，却欢喜作点旧诗，结交大人阔老，他们理应干政治。如此等类，不胜枚举，性不相近，纵然是努力，也往往劳而无补，对于个人和社会都是精力的浪费。在美国，"职业测验"已成为一种专门学问。一个人对于择学择业如有疑难可以找一个专家用测验来解决。这种测验容或很幼稚肤浅，但是它的原则是不错的。我们希望测验的方法日趋精密，将来一个人在学一门学问或是就一种职业之先，都仔细经过一番测验，免得走错门路。

一个人的性之所近，大半自己明白。有些人明明知道自己的长短而却不根据它来决定志向，这大半误于名利观念。现在学生们都欢喜学工程或经济，以为出路好，容易赚钱。存这种心理的人根本不配谈学问，也根本不能做好一行职业，因为他们的兴趣不在学业或职业自身的成就，而在它对于个人所能产生的实利。得鱼忘筌，钱赚到手了，学业和事业有无成就却不必管。这种人的毛病都在短见。"行行出状元",世间宁有那一种学问不能学好,或是哪一种职业不能做好?宁有其正在学业和事业上有成就的人会穷得要饿死?如果以为某一行比较走时,或比较容易成功,不费多少气力就可以有成就,这也是妄想。世间没有一件有价值的事可以不费力就能学好做好。我们必须谨记着"不问收获,只问耕耘"一句至理名言。下一分功夫,自然有一分成就。世间纵然也偶有不劳而获的事,那是苟且侥幸,除着寄生虫,都不应存苟且侥幸的心理。

此外,我们中国人对于职业向来有一个更错误的观念,以为世间职业有些是天生的高贵,有些是天生的下贱。所以大家都希望做官而不希望做农工兵警。其实职业起于社会的分工合作的需要。社会需要一种职业,那一种职业就对于社会有效益。一个人有无荣誉,不能看他任的什么职业,应该看他在他的职位是否尽责。一个误国的总统或部长实在抵不上一个勤恳尽职的清道夫。我们通常对于"不才而在高位"者的阔绰排场备致欣羡,对于老老实实替社会造福的农人工人反存鄙视。这是一种可耻的价值意识的颠倒。

无论在学业或职业中想成就事业,都需要两种基本德行。第一是"公"。公就是公道公理。一个问题的看法,一个事件的

166

处理，都须依据一个客观的普遍的道理，对自己说得过去，对他人也说得过去，无论谁来看，都会觉得这是最合理的解决，学问也好，事业也好，都要尊重这种公道公理，才不致发生弊端。公的反面是私。世间许多人许多事都败于私心自用。做学问存私心，便为偏见所蒙蔽，寻不着真理；做事存私心，便不免假公济私，贪污苟且，败坏自己的人格，也败坏社会的利益。其次是"忠"。"忠"是死心塌地的爱护自己的职守，不肯放弃它或疏忽它。把学问当作敲门砖，把职业当作营私的门径，就是不忠于所学所职，为着势利的引诱、放弃自己的学业或职业去做别的勾当，其行为也正等于汉奸卖国，都是不忠。忠才能有牺牲的精神，不计私人利害，固守职分所在的岗位，坚持到底，以底于成。忠是基本德行，有了它也就有了两种附带的德行，勤与勇。勤是精进不懈，时时刻刻努力前进，务求把事做好；勇是无畏不屈，遇到任何困难，都必须拼命把它克服。懒怠与怯懦是治学与治事的大忌；它们的病源在缺乏忠诚与忠诚所附带的热情。

每个人都是自己的命运的主宰，每个人的江山都依仗自己的奋斗才打得来。这个世界是冷酷无情的，一个人如果想以寄生虫的心习，去侥幸获取只有勤奋的蜂蚁所能获到的花蜜，他终究必归自然淘汰。万一他成功侥幸一时，社会所受的祸害也就很大，一条寄生虫有时可以危害到一个人的性命，凡是关心学业、职业和事业的人，须记起这一番简单的道理。

（载《中央周刊》5卷49期，1943年7月）

有志青年要做中小学教师

朋友：

　　我写这封信给你，假定你是一个有志的青年，如果你真正不小看自己，你一定会明白我向你作这封信里的劝告，不是小看了你。你常跟着旁人说，并且你也实在相信，教育是建国的根本工作；可是到你准备职业或是选择职业时，你总觉得当教师，尤其是中小学教师，是穷途末路。你有别的事可干，就干别的事，没有别事可干时，只得当教师。你以为这是不得已，你叫苦，你甚至引以为耻。朋友，你这究竟是什么一回事？这是不是一个矛盾？这矛盾后面是不是藏有虚伪的心理和不彻底的思想？你认为应该做的重要的事而自己不肯去做，希望旁人去做，因为你嫌做这事清苦。这是逃避责任，是自私，是贪图世俗人所谓荣华富贵，是看到危险而不出力救济，只苟偷一日

169

之安。世间事大半误于你这种人和你们存在的这种心理。你问一问良心，我这话是否冤枉了你？

事要人做，人要想把事做好，第一需要知识和技能，第二需要公正忠诚的性格。社会上一切病况，分析起来，也就不外两种原因。第一是许多必须干的事没有能力足以胜任的人去做，于是就丢下不去做，或是拉一些知识技能不够的人去做，做得有名无实，敷衍公事，等于不做。第二是任事的人偶然也有能力很够的，只是没有公正忠诚的心地，处处为个人利害打算，不惜假公济私，贪污作弊，钻营侵轧，诈取浪费，于是举办的事业愈多，愈扰民害国，播下的毒种子愈蕃衍，总之，做得比不做更坏。"人存则政举"，人不存政就不举，这是古今中外的公例，无法可推翻的。我们现当建国开始，应该做的事很多，工商业要开发，海陆空军要建设，交通网要织得严密，财政要整理，社会组织和行政机构都要合理化——这一切谁都知道，谁都能谈。但是这些事真正做起来，千头万绪，人在哪里？我们所缺乏的并不是人的数量，而是人的质料。如果没有先把人的质料变化过，其他一切且慢谈，谈亦等于空谈。变化人的质料正是教育的工作，也正是教师的工作。建国先须培养建国人，培养建国的人先须培养教师。你尽管觉得这话无深文奥义——

大道至理本来都无深文奥义——它却是颠扑不破的大道至理。如果不依这个程序做，我敢说，建国前途希望很渺茫。

改变人的质料必须从头做起。我这些年来都从事高等教育，深深感觉到我们的高等教育建筑在一个极不牢固的基础上。大学生在初入学时，大半都已经在中小学时代被教坏了，要把他们改造成另一样的人，实在不是一件易事。先就功课说，中小学里好像学得很多，却没有一样学得彻底。在一百本中文试卷中，你难找一篇清通的文章；考理工学院的学生数学往往得零分，考外文系的学生英文也往往得零分。基本课程已如此，其它次要课程可想而知。像国文之类课程在中小学里学过十几年，还没有弄清楚，在大学公同必修科中再学一年，你想那怎样会学得好？而且一般学生对于公同必修科都自以为已经学过（已否学好他们都不问），到大学里还要再学一遍，总觉得这是乏味的事，不肯去努力学习。中小学不但没有树立基本课程的基础，而且把学习这些课程的兴趣也打消得干干净净。凡是在大学里任过教的人都感觉到这种苦楚。其次，就品格说，一个人在中小学时期最富于感受性，学好学坏，都很容易，所以他的品格模样在这时期大致已形成，将来不过顺这粗定的模样渐渐发展。现在一般人家庭教育不大讲究，社会影响大半很坏，中小学不

171

但不能弥补家庭的缺陷，纠正社会的坏影响，反而变本加厉，使已成的恶习惯更加坚牢。我知道现在中学生加入流氓组织的颇不少，行动近于流氓的（如嫖、赌、吃烟、写匿名信、敲诈、偷窃之类）更多。一种恶习惯养成很容易，排除却很困难。现在一般大学对于训导固然没有尽职，即使尽职，单就大学本身来改良学风，怕也很难。我们必须从中小学时期就把根基打好，以后才可以因势利导。总之，中小学教育是基层教育，要有健全的中小学，才能有健全的高等教育。中小学教师对于树人大业所负的责任，比大学教授所负的还大得多。

不但在中国，就是欧美各国，能进大学的人比例率都很低，进大学是一种特优权利，只有少数人才能享受，大多数人只能止于小学或中学阶段。所以我们不能把中小学教育当作高等教育的准备，中小学教育应该进可以高等教育的基础，退可以独立自足。在中小学毕业的人应该就可以成为健全的国民。民主国家的命脉所系究竟还在国民全体。国民全体都健全，社会秩序自然安定，政治基础自然稳固，各种事业自然井井有条，国力也就自然雄厚。中小学教育应该是普及的，这就是说，应该是全体国民教育。全体国民教育没有办得好，人民的知识技能和道德就够不上民主政治，如果采行民主政治，那就有名无实。姑就我国现况来说，我们正在励行新县制，这是认清下层基础的重要，可谓探本求源，但是下层工作人员仍太缺乏，县政府找不着得力的科秘，乡保找不着得力的首长绅耆，于是敷衍公事，敲诈乡愚，蒙蔽上峰的种种现象仍在所不免，所谓新县政的施行，事实距理想仍是太远。这只是一例，其他各种设施亦可作如是观。这种现象决不会改善，如果基础教育没有改善。想改善基础教育，中小学教师的训练、质料、地位、待遇都非提高不可。事在人为，如果一方面政府切实倡导，一方面多数有志青年肯以当中小学教师为终身职志，有十年二十年的工夫，我们能把一切建国事业的基础都打得很结实，这并非一件很难的事。最要紧的是说做就要做，就要切实地做，不能再延误时机。

现在一般有志青年大半不愿当中小学教师，一半固由于中小学教育还没上正轨，还没有挣得它应有的高尚的地位，一半也由于他们自己认识不清。就个人经验说，我当过大学教师，当过中学教师，也当过小学教师，前后比较起来，我觉得当小学教师比当中学教师有趣，当中学教师也比当大学教师有趣。原因很简单，从小学生到大学生，天真纯朴的气象逐渐减少，情感也逐渐凉薄。只要你有可敬爱的地方，年幼的小朋友总是心悦诚服地敬爱你。他叫你一声"老师!"如同叫爸爸妈妈一样的亲热,你的风范,你的言语,对于他的影响比他爸爸妈妈的还更深刻。你对着天真烂漫的一群小人儿,你觉得自己也年青,世故气和不纯洁的心地使你羞惭,你自己也回到你的"赤子之心"。在恶浊的社会中,你处处看见人与人摆假面孔、斗心机、玩恶毒手段;在这还没有染世故气的人群中,你发见人性原来洁白美善,而感觉到它的尊严;并且你有把握,这原来洁白美善的人性是听你手指揉捏成任何形样的,如同一块泥在陶匠手里,也如同世界在创造主手里,上帝给他一条性命,你给他一个人格。再过若干年,他离开你到社会里去,你看他站在他的岗位,做他的事业,尽他的职责,他的一份力量无论是大是小,增加了人类的幸福,世界的光明,你心里知道,这是你种下来的种子,于今开花结果;而且花与果所念念不忘而深致感激的第一是天工造化,其次就是你这位园丁。

朋友,人生最大的快慰是精神上的快慰。精神上的快慰还有比我在这里所描绘的更真实、更深厚么?你舍此不求,要去跟着一般肥头鼠脑的人们求虚名,求高官厚禄,求腐坏你的国家和你自己的种种诱惑,到头来于人何补,于你何补?世间许多颠倒错乱都起于价值意识的错误。我们估定一件事的价值,不凭那件事对于人群的实惠，而凭它的招牌在愚夫愚妇的心目中响亮不响亮。我们羡慕那些在街上撒垃圾的朱门大户，而鄙视拿帚箕的清道夫。这是价值意识的错误，在愚夫愚妇本无足深责，在有志青年就该引以为耻。朋友，认清了中小学教育对于国家民族的重要性，和它给你的精神上的快慰，你就应该有勇气与决心，把这件建国基础的事业当担起！

一个做过中小学教师的朋友。

（载《中央周刊》5卷38期，1943年5月）

消除烦闷与超脱现实

　　王君光祈在本志《学生生活号》发表的《中国人之生活颠倒》那篇文章，把青年烦闷之最大原因，可算说得透辟极了。不过王君的娓娓动听的文笔很遮盖一些美中不足。人生各时期有各时期的嗜好，要有机会自由发展，免得斫丧生机。这话固然含有至理。但是假使吾人都能及时行乐，不至有"过时之感"，世间便可以没有烦闷苦恼么？在王君的意见，欧洲人无论男女老幼都及时行乐，所以他们的生活最愉快。但是我们研究欧洲近代文学，似乎觉得欧洲人心窝里也还有许多忧愁愤懑。罗素到中国看见农夫走贩，和寺庙里罗汉菩萨一样，都满面带着笑容，以为中国人是最能快乐的一个民族，非欧洲人梦想所能及。从这点看起来，各人自己的苦乐，只有各人自己心里晓得。我们不能假定欧洲人没有过时之感，所以就没有烦闷；

而推论到烦闷的原因完全由于过时之感，只要及时行乐，便不会有烦闷。

理想上可然的事情，没有限制，事实上竟然的事情，就要受环境的因果律支配。欲望跟着理想走，是一件随时伸缩不可餍足的东西，背著太阳走路，影子比身子总要前一步。欲望和行乐的关系，也很像影子和身子。你今天及时行乐吗？你的欲望已跑前一步了。假使明天有机会餍足今天的欲望，后天又有机会餍足明天的欲望，如此辗转下去，有求必应；那么，烦闷自无从发生，王君的原理，自然可以成天经地义。但是世事不尽由人算。实际上我们许多的梦想，到底都石沉云散归于乌有。欲望不餍足，就是失望的代名词；失望又可以说是烦闷的代名词。那么，因为乐到这步田地，望到那步田地，失望便烦闷；我们可以说，今天行乐便种下明天烦闷的种子。这样凭空说话，人家或者要骂我玄之又玄。现在说一个具体的例子。吃早饭没中饭的穷措大，看见别人食前方丈，便以为到了这步田地，就尽了人生之乐事了。但是他既然狂饮大嚼，看见坐高车驱驷马的人，又想那个人何等阔绰！他自己还没有尝过这种滋味咧！不多会儿，他有马车坐了，又想没有一个很亲爱的很美貌的妻子，人生究竟还没有真正的乐趣。好了，他现在有了妻子了。伉俪间遐情逸致，南面王也不能易其乐呀！可是过了几年，姣且好者变成老而丑了。他又想，"嗳！这究竟还不是我的理想的至乐。"以前希望一件就有一件，尚不免有些儿无聊赖。倘若希望这件，得不了这件，希望那件，得不了那件，生活不更加干燥无味，不更加惹人烦闷么？实际上失望比得意似乎较普通一点。照我们的理想，世界应该不仅是如此如此。然而现实偏偏不由人算，走他自己的路。感情冷淡的人对于这般情景，还不觉得什么无可奈何，至多不过叹口气说，"天实为之，于人何尤！"于是就是这样了事。可是在富于感情的人看他们亲爱的梦想都不能实现，便有些儿不服气。现实比冰还冷，比铁还硬，那管你服气不服气哟？现实越发不如人期望，人生就越发干燥无味。于是失望、丧气、悲观厌世……都蜂拥而来了。总而言之，烦闷生于不能调和理想和现实的冲突。

少年气盛的人总说"什么烦闷呀，什么调和理想与现实的冲突呀，都是懦夫口里说的话。因为社会黑暗，环境困难，我们才不虚生。不然，我们生在世间就专为过太平日子么？别的人尽管烦闷，我呢，决不屑失望和悲观。我以为人生任务只有奋斗，奋斗到征服环境为止。"我也是极端主张和环境奋斗的一个小卒，可是我同时也相信环境是极不容易征服的。

你看这一阵和环境奋斗过的人！他们面目上毫没有温热气和闪烁的光彩了。或者他们的头脑中也不复有什么高尚的意志和坚强的决心了罢！殷仲堪有一天在园里看见一棵枯树，便深深叹一口气说，"此树婆娑，生意尽矣！物犹如此，人何以堪"？看见没生气的冷冰的行尸走肉，怎么不叫人作同样的感想！但是，我们如何能瞧他们不起。十年前他们也和你和我一样，也很兴会淋漓地用热心毅力去干事，也很有百折不挠的气概咧，不过现在环境把他们征服了罢了。

你再看这一阵和环境奋斗过的人！他们看见世事一天坏似一天，心里虽然不服气，可是心力俱瘁无可如何。个个人都在那边愁着眉毛叹气。这个人说，"神州莽莽，阴霾四布。流离浩劫，人间何世！"那个人说，"皇皇大陆，吾人将于何处觅一片干净土耶！"这个人想，像这样活着，倒不如死，还是把万事丢开，投海去罢。那个人想，世事已不堪问，我姑且寄情于醇酒妇人，借以消愁解闷罢！嗳！谁晓得这种悲观哲学消磨了几多有用之才哟？但是，我们且慢些去怜惜。他们十年前也像你和我一样，也很抱乐观，也常时说，长夜漫漫，终有时旦，只要精诚贯澈，金石都自然会破裂咧。不过现在环境把他们征服了罢了。

我们说话论事，一方面要顾及当然，一方面也要顾及可然。就当然说，环境要降服，理想才可以实现。但是环境如何可以征服，我们也不可不注意。许多人起初都发愿要征服环境，何以后来大半反为环境征服？我们自然会说，因为他们的精神不能坚持到底。但是，他们的精神何以不能坚持到底？我们可以说，因为他们的精神不能超脱现实。一个人如果只能在现实界活动，现实如果顺遂，他自然可以快乐；但是现实如果使他的活动不成功，而他又没有别条路可以去求慰安，他自然要失望悲观。但是，倘若他的精神能够超脱现实，现实的困难当然不能叫他屈服，因为他还可以在精神界求慰安。现实既然不能屈服他的精神，那么，他自然可以坚持到底和环境奋斗了。

　　超脱现实的方法也很多。最普通的要算宗教信仰。现世一切苦恼不用说罢！灵魂不灭，来世的天堂快乐还不晓得有多么可爱。现在不过是时间的太仓一粟。我们撑持肉体活着，是一件极偶然的现象。在这个撑持肉体活着一顷间，就有一些儿苦痛，那值得愁眉蹙额？不错，现世一切奋斗，眼前似乎没有大的效果。但是，我们不必因此失望灰心，我们现在不过是播种子，将来一定有岁物丰成的日子。这些话是极浅近的极普通的宗教信仰。我自己既不是一个教徒，也不敢和打维护科学招牌的人搬唇舌。不过我很忠实的相信纯粹的宗教对于人类，利害相权，还是利多害少。倘若现世的苦乐不能叫普通人趋善避恶而宗教能够做这件事，为什么宁愿普通人做过恶不去信仰宗教？假使大家都觉得现世烦恼，假使宗教可以安慰他们的精神，为什么把烦恼的人逼到山穷水尽，不知去向？我也十分相信宗教原来是一种自欺。可是这究竟根于人性，不可免的。心理学家对我们说过，就是通常所谓理智（rationalization），也大半是自欺的结果，你说宗教靠不住，理智又靠得住么？人类行为大部分都受感情支配。事前并不很揣摩为什么要这样做。事后追维，才找出一些理由来解释庇护自己的以往举动。这种理由和以往举动或毫无关系，不过姑且拉来自宽怀抱罢了。在理论上，吾人生活当全然受理性支配，但是在实际上，吾人生活是不受理性支配的。因为无意识和感情在那儿默化潜移，意识的防范实在鞭长不及马腹。所以想养成道德的习惯，与其锻炼理智，不如陶冶感情。宗教也是一种陶冶感情的工具。宗教何以能陶冶感情呢？感情是一件极活泼的东西，如果不得寄托的处所，来自由活动，便会游离不定。感情游离不定，结果就是精神失常，小而烦闷，大而疯颠。宗教的长处，就在能把游离不定的感情引到一个安顿的地方。这种陶淑作用（sublimation），弗洛伊德（Freud）和荣格（Jung）一派的心理学家说得非常透辟，我在这里也无须多话。不过添一句话代宗教辩护：托尔斯泰、甘地一流的人物，如果没有宗教做他们的精神原素，他们的生活决不像那样可爱，那样能感发兴起；希伯来和穆斯林两个民族，如果没有宗教做团结的线索，他们已经早当让极艰苦的环境征服了。

这番话谈给科学成见很深的人听，或者不能叫他们相信。那么，他们如果想解除烦闷，就要在美术中寻慰情剂，因为美术也很能使人超脱现实的。美术何以使人能超脱现实呢？一，就创作美术的人说，美术虽借现实做资料，但是对于资料的应用支配，美术家能够本自己的创造理想，伸缩自由。在现实范围里说话，空中决计不能起楼阁。美术便没有这种限制。所以现实界不能实现的理想，在美术中可以有机会实现。二，就欣赏美术的人说，美术能引起快感，而同时又不会激动进一步的欲望；一方面给心灵以自由活动的机会，一方面又不为实用目的所扰。譬如在实际上看见一个美人，占有欲就蠢蠢欲动。但是看雷阿纳多达芬奇画的《蒙娜丽莎》，如果曾经受过美术的陶冶，那时心神只像烟笼寒水，迷离恍惚，把世界上一切悲欢苦乐遗忘净尽了，还有什么欲望？我有一次劝一个学数理的朋友偷暇学一点文学，或者他的心绪不像那样干枯烦躁；他说，"写实派文学把黑暗世界越发写得黑暗，读这种文学不叫人更悲观么？"我虽然觉得我生平所经过的极乐心境，是在深夜读含有悲剧原素的文字；但是我那时不能对这位朋友解释这种心理作用，所以我的朋友把我的忠告置之一笑就算了。后来读爱宾浩斯（Ebbinghaus）的心理学美术章，才恍然大悟。吾人生机时时刻刻求活动。生机发泄，感觉愉快；生机抑郁，感情烦闷。所以遇着悲痛，哭一场就消了劲。生机不一定要在现实界才能发泄，美术也是一个极好的发泄生机的尾闾。在美术中发泄生机，所感的快乐比在现实界还更加纯粹深厚，因为没有实用的目的来滋扰。譬如在现实界看见父子三人都被恶蛇捆绞在一起，心里只有恐惧哀矜种种的不快之感。可是欣赏希腊著名雕刻《拉奥孔》（Laocoon），这种哀矜恐惧虽还有若干存在，但是他们都变成愉快的感觉了。这就是因为心里没有实用目的来烦扰。哀矜恐惧两种感情发泄了，然而心目中没有生死存亡的念头，没有逃脱抵抗的打算，所以虽哀矜恐惧而还能十分愉快。普通人在饮食男女名誉权利场合中生机受了挫折，便不知道向他方面求发泄，所以抑郁，所以烦闷。谁肯宣传美术的福音来救济这些无数在苦海中挣扎的失望者呢？

美术不但可以使人超脱现实，还可以使人在现实界领悟天然之美，消受自在之乐。自然界有多少美致，人生有多少妙趣，在粗心浮气的人看，都忽略过去。经美术家一指点，美就确乎是美，妙就确乎是妙。谁没有看过流水？不过在普通人看，流水只是流水罢了，孔子一看到，便叹气说："逝者如斯夫，不舍昼夜！"这样一指点，滚滚东流的水便含有无限生机，无限悲感。谁没有看见鸟鹊在树林里度日子？陶渊明看见，便推出一种极乐的人生观哲学。"众鸟欣有托，吾亦爱吾庐"两句诗把宇宙写得多么可爱？美术家不但在花明风惠的境界，可以领略鱼跃鸢飞的乐趣，就是在极细微处——甚且在极悲惨处——也能寻出赏心乐事。托尔斯泰是一个最好例子。在他的《战争与和平》里面，那位彼得在牢狱中饥寒交迫，人生之苦，无不备尝。但是他一天看见天上月明如水，牢狱四围的园林山谷都空蒙澄澈，一望无际，他就恍然觉悟人生的至乐，不是环境可以磨灭的。在他的《神在爱所在》那篇小说里，一个极穷苦的鞋匠梦见上帝要到他家里来，从天早候到天晚，只有一个扫雪的苦工来分他房子里的暖气，和一个抱着呱呱哭的孩子的丐妇来分他的几粒豆饭。他就因而觉悟神在爱所在的道理，心里便二十四分的畅快。这不过是偶尔想出来几个例子。其实我所见到的何及恒河一粒沙哟！我相信人肯受美术陶冶，世界和人生决不致干燥无味。烦闷无形消灭，自然不消说了。

除宗教家和美术家以外，最能超脱现实的要算是婴儿。他们高起兴来，就结队搬砖弄瓦呀，捉迷藏呀……玩得不公平，便打一个痛快架，打痛了，便索性的哭一场。哭过了，就揩干眼泪，开笑脸再去做别的玩艺。他们天真烂漫，完全趁着一时的兴会做事，绝对不瞻前顾后，所以他们生活最愉快。人生快乐倘若想完备，一定要保存一点孩子气，这种孩子气应用非常之广。孔子有一天问门下弟子的志愿，许多人都说一些什么兴邦治国。曾点一个人却说，"春服既成，冠者五六人，童子六七人，浴乎沂，风乎舞雩，咏而归。"孔子听过，便不迟疑地宣布"吾与点也。"曾点的长处就在能保一种天真烂漫的孩子气。孔子称许他，或则也因为"大人者无失其赤子之心"罢。王徽之的故事也是一个好例子。有一晚雪后初晴，月亮照得非常光澈。他忽然想到他的朋友处谈谈心，立刻间他就撑只小船去了。不多会儿到他朋友的门口了，他忽然地又抽身转去。人问他的缘故，他说：我"乘兴而来，兴尽而返。"何足为奇？像这一流人物才晓得人生在世，怎样才能怡情养性，无沾无碍咧！有些人或者骂这种习惯带着臭名士气。他们自然也许有他们的高见。

不过我想这种天真烂漫无沾无碍的气象倘若不用到过分，实在对于精神的卫生有许多裨益。人的精力无论属于精神方面或者身体方面，都有一个限度。譬如弓弦，拉到满引的时候，倘若不放松一点，怎么可以再加力？纵使再加力，怎么能不崩折？普通人无论何时何地，都一样的认真到底，不能稍稍放肆一点。所以容易倦怠，容易灰心。孩儿气的好处就在有时使人偶尔把现实的重载卸在旁边，让心灵偷点空儿休息，好预备再出力。

这三个方法，我个人认为可以超脱现实，解除烦闷。别人——科学家和哲学家——也许在别的地方寻出超脱现实、解除烦闷的方法，不过我没有经验，不能说话。我和王君光祈的出发点都是给生机以自由活动的机会。不过王君着重的是人生各时期有各时期的嗜好，要随时餍足。所以王君似乎主张生机只可以在现实界活动；如果现实界活动不成功，便使人生烦闷。我的主张是一种补充的办法。我以为生机不仅可以在现实界活动，如果在现实界受了挫折，不一定使人生烦闷，因为他还可以超脱现实在精神界求慰安。就积极方面说，超脱现实，就是养精蓄锐，为征服环境的预备；就消极方面说，超脱现实，就是消愁遣闷，把乐观、热心、毅力都保持住，不让环境征服。在我国现在状况之下，谁晓得有多少失望者与悲观者？我很惭愧这篇文章不能把超脱现实的道理说得透彻，使他们感发兴起；但是我很希望享受过精神上的至乐的人多用工夫来宣传超脱现实的福音，来救济众生咧。

（载《学生杂志》10 卷 5 期，1923 年 4 月）

给苦闷的青年朋友们

朋友们：

　　我是中年以上的人，处在现在这个环境，几乎没有一天不感觉苦闷，你们正当血气旺盛，感觉锐敏，情感丰富的时候，苦闷的程度当然比我的更深。因为年龄的悬殊，我们在经验与见解上不免有些隔阂；但是我也经过了青年时代，我想你们的心绪是我能够了解的，而且能够同情的，你们的环境之中哪一件叫你们能不苦闷呢？先说家庭。你们多数人一进了学校，就和家庭隔绝，在教育上得不到家庭的督导，在经济上得不到家庭的援助，在情感上得不到家庭的温慰，你们就像失巢的孤雏，零丁孤苦地在这广大而残酷的世界里自奔前程，自寻活计。并且在一般穷困流离的情况之下，许多家庭都不免有些不如意的事，有些是贫病交加，有些是家败人亡，这尤其使流亡在远方

188

的子弟们时时抱着一种沉忧隐痛。

其次说到学校，这些年来我都厕身教育界，说起来不能不惭愧，学校对于你们都没有尽到它应尽的职责。它只奉行公事，贩卖一点知识，没有顾到真正的学术研究，没有顾到校里的社会生活，更没有顾到人格薰陶。你们虽是处在一大群人之中，实际上每个人都是孤独的，寂寞的，与教师无往来，与同学往来也不多，终日独行踽踽，茫茫不知所之，加以经济压迫，使你们多数人在最需要营养的发育期，缺乏最低限度的营养，以至由虚而弱，由弱而病，在应该活泼泼的青春就感到病的纠缠与死的恐怖。你们许多人都像破墙脚下石头压着的萎黄的小草，无论在生理上或是在心理上，很少有是健康的。

最伤心的当然还是时局。抗战胜利带来了多么大的喜悦与希望！而这喜悦与希望不到一两年就打得粉碎。于今战氛蔓延全国，经济濒于破产，眼看全体崩溃与侵略势力的闯入就在目前，这怎能叫人不忧惧，不愤恨？这事实纠葛之中又夹杂着政治思想的问题，而这问题是青年人所特别关心的。在中国和在全世界一样，很显然地摆着两个路线，两个壁垒，一是英美所代表的民主制度，一是苏联所代表的共产制度。究竟哪一条路是将来世界的出路呢？哪一条路比较适合现在中国的国情呢？

青年朋友们未必有资料与时间对这些问题作周密的检讨，往往凭着片面的带有哄骗性的宣传文字，把自己摆到某一方的旗帜之下，这与其说是思想的归宿，无宁说是情感的寄托。在情感酝酿之中产生了某一面政治理想，而任何一面政治理想在中国都和事实起剧烈的冲突，甲路碰了壁而乙路也未必走得通，究竟中国有没有出路呢？世界有没有出路呢？原来想在一种政治理想上寄托情感与希望，而事实到处予以强烈的否认，于是情感与希望仍然是落空虚悬。不仅在中国，在整个世界，战争与毁灭的黑影都常在面前幌摇，这怎能叫人不心焦气闷？

在这种种情形之下，人人都感觉到压迫、窒息、寂寞和空虚，而你们青年人所感觉到的当然更尖锐。于今世界已成为一个息息相关的有机体，世界没有出路，国家不会有出路，国家没有出路，个人也决没有出路。这一连串的铁环是没有人能打破的。不过有一点我们可以确定：假如要把世界和国家扭转到正轨，必须个别分子的努力。"事在人为"，于今谁可为呢？不消说得，要有一批有朝气的人才能做出一番有朝气的事业，造就一种有朝气的乾坤。像我们这辈子中年以上的人们在心理发展上都已成为定型，暮气已深；因循坐误大事的是我们这一辈子人，要想我们变成另样的人来把世事弄好，那希望恐甚渺茫。

我们说这话也很痛心，但是不幸这是事实。所以我们不能不殷切寄望于你们这一辈子青年人，望你们不再像我们这样无能，终有一日能挽回这个危亡的局面。但是目睹你们的苦闷消沉的情形，我们也不免偲偲危惧。你们能否如我们所殷切属望的，担当得起这个重大的责任呢？我们中年以上人之中常有人窃窃私语，说我们这一辈子人固然不行，下一辈子人还更不如我们。如果真是一蟹不如一蟹，中国不就完事大吉了吗？我们忏悔自己种因不善，造成一种环境，叫你们不得不苦闷消沉，同时，我们也不甘心就这样了局，尽管病已垂危，一息尚存，我们仍望能起死回生，而这起死回生的力量就来自你们。在这忏悔与希望之中，我们想以过来人的资格，向你们进一点苦口婆心的忠告。

苦闷本身不一定就是坏事，它可能由窒息而死，也可能由透气而生。它是或死或生之前的歧途，可以引入两个极端相反的世界。我知道有许多人由苦闷而消沉，由消沉而堕落；也有许多人由苦闷而挣扎，由挣扎而成功。苦闷总比麻木不仁好，苦闷至少表示对现实的缺陷还有敏感，还可以激起求生的努力；麻木不仁就只有因循堕落那一个归宿，苦闷是波澜，麻木不仁就是死水。处在现在这样的环境而能不苦闷，那就是无心肝，那就是社会血液中致死的毒素。现在你们青年人还能苦闷，那就表现中国生机未绝。我们中国的老教训是国家与个人"恒存乎灾患疢疾"，"独孤臣孽子，其操心也危，其虑患也深，故达"。有一种苦闷是孤臣孽子苦闷，也有一种苦闷是失败主义者的苦闷。你们的苦闷自居哪一种呢？这是必须深加省察的。如果是孤臣孽子的苦闷，那就终有"达"的一日；如果是失败主义者的苦闷，那就是暮气的开始，终必由消沉而堕落了。

　　苦闷是危难时期青年人所必经的阶段，但是这只能是一个阶段，不能长久在这上面停止着。若是止于苦闷，也终必消磨锐气，向引起苦闷的恶势力缴械投降。我所谓孤臣孽子的苦闷是奋斗的激发力，挣扎的前序曲。问题是：向什么目的或方向去奋斗挣扎呢？"工欲善其事，必先利其器"，如果改造社会、挽救中国是你们所要做的"事"，你们自己的品格、学识和才能就是"器"。我们中年以上这一辈子人所以把中国弄得这样糟，就误在这个"器"太不"利"了。比如说，现代国家离不开工业，我们工业人才不如人，所以落后；民主国家要有够水准的公民，我们的教育不如人，所以产生一些腐败无能的官吏和视国事不关痛痒的人民。其它一切事没有做好，也都由于做事人的质料太差。你们埋怨旁人没有把事做好，假如让你们自己来，试问你们的品格是否能保证你们能不像过去人那样贪污腐败？你们的学问才具是否能保证你们不像过去人那样无能？假如你在学外交，你是否比现在办外交的人有较深切的国际关系的认识和令人较能钦佩的风度与才具？假如你在学医，你是否有希望能比过去的医生或你的老师较高明？假如你们的品格、学识和才能都不比过去人强，让你们来接他们的事，你们就决不会比他们有较好的成就。那么，你们就不配埋怨旁人，更不配谈什么革命或改造社会，你们凭什么去改造呢？社会并不是借一些空洞的口号标语所可改造得了的，也不是借一些游行集会可改造得了的。我们在青年时代也干过这些勾当，可是不幸得很，社会到现在比从前还更糟，而我们现在还要以过来人的资格向你们这一辈子青年人作这样苦口婆心的劝告，这是命运给我们的一种最冷酷的嘲笑，我们只希望你们的下一辈子人不至再"以后人哀前人"。

（载《周论》第 1 卷第 17 期，1948 年 5 月）

编后记

《朱光潜作品精选集》共包括朱光潜先生的《谈修养》、《给青年的十二封信》、《谈美书简》、《谈读书》四本作品。

为了保证朱光潜先生原著的原始风貌，我们未对朱光潜先生的原文做任何删减与修改。只在文字的错讹和脱漏等方面做了必要的修订。本套图书在书稿的整理过程中参阅了多个版本，最终选取了中华书局出版的《谈修养》、《给青年的十二封信》、《谈美书简》，以及安徽教育出版社出版的《朱光潜全集》作为本套图书的底本。同时，本套图书获得了朱光潜先生后人的大力支持，为我们精选了朱光潜先生的照片以及书法作品，增加了本套图书的可读性和收藏性。在此我们表示诚挚的谢意！

由于编辑水平有限，书稿难免有所疏漏，希望读者指正。

编　者

2018 年 5 月